KB174407

신들린 고백

채수영

새미

「이 도서의 국립중앙도서관 출판예정도서목록(CIP)은
서지정보유통지원시스템 홈페이지(http://seoji.nl.go.kr)와
국가자료공동목록시스템(http://www.nl.go.kr/kolisnet)에서
이용하실 수 있습니다.

신들린 고백

채수영

새미

머리글

시, 5천 편의 언덕에 앉아서

솔직히 시를 쓰면서 질이 아니라 양적인 목적을 갖는다는 것은 어리석을지 모른다.

시를 대면하는 일이 좋아서라는 변명으로 자위의 강을 건너왔다. 맹렬을 스스로 다짐하면서 오로지 시와 마주 선 나날로 살아온-어쩌면 종일이라는 말이 될 것이다. 그때마다 시의 신은 흔연히 문을 열어주었을 때, 나는 고개를 숙이고 무작정 시의 체중을 불려왔으니 황혼 무렵이면 상당한 소득을 얻곤 했다. 이런 습관이 이제 일상으로 내 스스로를 자위하고 있다.

내가 설정한 시 쓰기의 목표에 당도했으니, 나로서는 매우 대견함이라 스스로를 돌아본다. 양은 많은데 속의 표정은 어떠냐에는 입을 다물 것이다. 그러나 내가 쓴 시는 곧 나의 모든 것을 말하는 분신이기 때문에 나를 사랑하는 것은 곧 내 시에 대한 애정과 상통할 것-지금까지 총 5,016편의 시- 이것이 대답이 된다.

2018년 3월 15일
문사원
오골성 삼가

목차 *

*제3부 보오들레르의 몽땅

*제4부 봄의 물음표

*제5부 달빛 한 스푼

*제6부 사람이 그리운 날의 망연(茫然)

*제7부 정경(情景) 한 컷

*제8부 바람과 향기

*제9부 바람의 숨소리

*제10부 세상은 시끄럽고

*제11부 도착 방송

＊작가약력 ∥

오리보다 먼 십리 길 걸어
소문 따라 소식이 하마
문 앞에서 웃고 있네

제1부
오리보다 먼 십리 길

그리움의 줄기

내 그리움은 줄기가 없네
캐낼 길 너무 아득해
들어가 깊이 어디쯤
눈을 들어 바라보아도
어른거리는 자취 안개로
유혹을 향기로 보내다간
느닷없이 사라지는
햇살 앞에서 깔깔 웃는
철없음도 천진해라

주소 수소문해서
마음 접어 곱게 고이
하루 만에 당도하는 택배
급하다 문을 두드리면
포장도 뜯기 전에
어디로 갔을까 자취
아득함도 물을 수 없는
내 고운 이름
그리움아

carpe diem

언젠가는 떠나가는 배
그 배의 뒷자락을 슬퍼하는
바람은 따라오면서 결코
눈물만을 재촉하지 않을 것이고
꽃들은 지나가는 길에서
향기만을 준비하지 않을 것이라
마음을 열어 바라보는 세상
그 속에 담겨진 오늘은 오로지
그대만의 것이거늘
어디로 가는가 그리고
무엇을 바라보고 있는가
오늘의 사전은 오늘만을 위해
의미를 가두지 않고
내일이 눈 뜨고 기다리고 있으니
문이여, 열려라
가슴을 열어라. 땀은 항상 그대의
영혼을 깨우는 흔들림이어니
마음 밭 거기 묘목을 심으라

우리는 지나고 있을 뿐

시간을 토막 낸 사람은 큰
상을 받을 것이다 줄기 결국
한 줄에 이어 이어 여기
이른 물길을 보아라
뉘, 그 물줄기에
칼날의 예리함을 무모로 위장하는
역사는 언제나 그대의 것이 아닌
우리는 지나고 있을 뿐
바라보아 감상의 찬사를 남기고
앞사람에 경의(敬意)를 보내고
겸손의 인사를 보내노라면 그대
이미 박수를 받아 마땅한
자리 어느새 그대를 지나
우리의 이름으로 기억할 것을
강물은 그렇게
흐르고 있을 뿐인데

행복 잡기

항상 아주 느리게 뒤에 오는
이름을 붙잡으려
여유 있게 손을 뻗으니
느닷없이 잽싸게 달아나는
몸짓이 못 보던 모습이라
움칫 놀라 다시 바라보니
킬킬거리는 모양이
참으로 가소롭다는 듯
세상 어디 쉬운 것 있거든
내 앞에 가져오라는 시늉에
부끄러움에 말 길을 잃어
입을 닫고 말았습니다

비평 유감

비평을 쓰려다 그만
비명을 쓰고 말았다
살아 때로 가는 길
누가 정답의 열쇠를
갖고 있을까 돈을 주고
존경까지 준다는 비평에
비명이 뒹구는 우글거림을
몰라 안쓰럽다 접어
양심을 햇볕에 말리고자
한참을 쪼그리고 앉아 있으려니
지금까지 쓴 비평이 떼로 뭉쳐
빨간 머리띠를 두르고
아우성이라 그만 벌떡
잠이 깼습니다
아. 백일몽이라
천만 다행임을...

발전

수청무대어(水淸無大魚)라는
말을 믿는다, 해서
우리 집 작은 연못 고기는
적당히 흐린 물에서 잘 산다
모순이 없으면
새것의 출발이 없다는
망상의 끝에 나는
무슨 모양으로 서 있는가

천사와 살 수 있을 것인가
요부와 살 수 있을 것인가
이 물음에는 모순이
키를 높이는 어리석음, 하여
둘을 합하여 나누면
정답이 될 것이라는 추론
날마다 하루를 허비하느라
이 짓이 고작이다

이별은

혹독했거니 지난겨울은
안으로 체온을 다독이며
발 동동(冬冬)
마음 동동(憧憧)
바라보아 멀리서 오는
넌가 틀림없이 있을 것 같은
기다림 따스한 눈빛이면
그대 어느 결 다가왔느니 행여
떨어졌다 해도 마음 이미 다가가
손을 내미는 일이면
이별은 아니라네

아픔도 간직하고 싶네
살아 오르내리는 등성이
바람 몰아치는 날들의 악다구니
깊이에 깊이 빠지면 드디어
날아오르는 푸른 비상
슬픔 간직하는 날을 접어
다가서는 낯선 기척들

이별 길을 버리고도
사랑의 미소가 있어
이별은 아니라네

사냥꾼처럼

어느 날 내가
사냥꾼이 되어있었다
숲속 깊이 한 자루의 총을 들고
이리저리 탐색의 눈빛으로
두려움 없이 세상 깊이
무한으로 뻗은 길을
오가 터벅거리면서 오로지
무얼 잡을까 여념이 없는
나는 확실히 사냥꾼

정말로 어느 날 내가
사냥꾼이 되어있었다
예전엔 어리숙하던
내 눈 속에 다가든
포착의 짐승들 이젠
잔인하리만치 가차 없는
모조리 쓸어 담을 듯
땀 흘리는 일상으로 들어가
수확물을 바라보는 결산

나는 날쌘
사냥꾼이 되었다

반란

굽이 굽어 줄기 외줄
엉키고 설킨 마음
겨울 길에 웅크린
어둠이 눈을 가린
날들이 떠날 준비에
분주한 소리 들리는
마음 놓아 멀리
분분(紛紛)으로 밀려오는
눈들의 반란

소식 접하고 바라보는
한때라 감추인 모두
햇살이 간섭하기 시작하니
조용도 얌전해지는 한낮
다시 순식간에
천지사방에 제 얼굴을 찾아
세상은 비로소
웃기 시작하는
봄눈 내린 날의
짧은 반란

나는 언제면 풍경이 될 수 있을까

나는 풍경이 될 수 있을까
멀리서 희미해라 아득함
가는 지척(咫尺)도 애달픈
바라보아 떨림만 흔들리는
일상이 담겨진 나는 정말 언제면
풍경이 될 수 있을까

고달픔이 눕는 구비 마다
지나온 풍경은 이제도
벽에 걸려 웃고 있는데
한 편도 외우지 못하는
내 시의 추위를 보내면서
눈에 그렁한 물길이나는

돌아갈 길 몰라 서성이는
앞은 언제나 안개 숲에서
들리는 소리만 뒤섞이는
이유 푸른 날들에 매달린
손을 저어라 오라는 소리 있으니
풍경은 저절로 이름을 얻네

노래의 행방은

어디로 갈까 노래가 끝나면
뿔뿔이 돌아갈 집이 있어
그 여운을 감추고 마주치는
아내와 아이들 저마다 아직
남아 할 일을 앞에 두고
두 눈이 빛나는 여백들
깊이 감추고 골목을 지나온
춤추던 기억이 따라와
낯설어 고개를 숙인다

즐거움을 감추면 비밀이 되고
비밀은 응어리가 되어
심장의 통증을 불러오는
슬픔에는 길이 없어 부풀어
풍선이 되는 어디쯤 그대를
종점에서 호명할 때엔
놀라 진동이 지난 노래의
행방을 집어삼킬 것

노래는 가슴에 있는
밝은 것만 골라
읊조리듯 불러라

봄나들이

한 겹 두꺼운 옷을 벗고
마음이 가벼워지는
멀리서 오는 아지랑이
안개 숲은 지난 때의
두꺼운 커튼 느리게
자취 떠나감이 보인다

웅크린 어둠 그 고통이
작별 없이 떠나는
예고 없음도 섭섭하거늘
부슬해지는 땅의 기운은
이미 속으로 분주한
어둠을 몰아내는 청소
봄 길은 그래 바쁘다

말을 감추고 묵묵히
서 있어 하늘을 받든
나무들의 지조(志操)에도
서서히 기다림을 세워둔

스타트 라인에 긴장으로
서 있는 선수들 모습
그것 같아라

자유자재(自由自在)

맨날 찾으러만 다녔다 어디
멀리 있는 줄 알고 날마다
발길 분주했어도 분주만큼
땀이 흘러도 돌아와 하루
허무를 껴안고 잠이 드는
꿈길은 방황의 뒤척임이었다 아주
우연히 지나는 바람에게 물었지만
웃으면서 말없이 지난다 하여
체념을 앉히고 서재의 책들
떠드는 사람들의 책도 읽어
뒤적뒤적 손에 먼지가 묻었고
마음은 이미 거기 없었다

종소리가 무심을 울리는 날
하늘은 그냥 푸르기만으로
말이 없는 변화에 밝은 표정
침묵으로 명상에 잠이든
고요를 무게로 짊어진
맑은 얼굴을 발견했다 이때

바람 한 줄기가 내 머리칼 한 가닥을
잠시 흔들고 지나간다. 이내
가슴에 물줄기가 소리 잃어도
제 길로 어딘가로 표표히
떠나가고 있었다

보이지 않는 바람에도

그럴 것이다. 얼굴
모르는 바람에도
마음 없다 믿는 바람에도
마음은 있을 것이다. 동쪽으로 가고
다시 서쪽으로 가고 이내
남쪽으로 가서 쉬고 일어나
매서운 높새바람처럼
희로애락이 있어 때에 따라
이것저것을 꺼내 표현하는
바람에게 오늘은 물어보고 싶다
보이지 않음이 모두가 아닌
사방을 가린 벽 속에서
귀를 열어 들리는 전언
이해 못 하는 어눌병을 평생
이끌고 방황하는 나는
청맹 서 있어 말 없는
나무에게 묻노니
귀를 열었습니다 정말로
귀를 열었습니다만

오리보다 먼 십리 길

오리보다 먼 십리 길
햇살 유난한 봄날이면
어디서 오는 걸까 자취
모습으로 다가오는 미소
땅은 굳어 아직 두드리는
소리의 행방은 묘연한데
이름 잊어 뒤적이는
사전은 여전히 두꺼운
오리보다 먼 십리 길 걸어
소문 따라 소식이 하마
문 앞에서 웃고 있네

그리고 질서의 편대
군대처럼 반듯한 때로
엉클어졌어도 질서로

제2부
안개 혹은 추상화

시, 자유의 이름

철학으로 길을 묻지만
거기 당도하여 다시 재빨리
벗어나야 한다 철학은
가두는 창고가 있지만
시는 창고가 없어 오로지
들락거리는 문이 없거든

시를 찾으면 시는
멀리 달아나지만 철학은
찾으면 다가와 오래 머물러
안방 자리 주인이 되어
소유권을 주장하지만 시는
소유가 없어 어디든
떠돌이 방랑의 자유

동정하지 말아라 시인의
슬픈 표박(漂迫)을

망상 변명

모두가 쉬는 일요일은
조용을 앞에 놓고
망설이는 시간은 지금
햇살 밝아 빛나는
이 태평한 세상에
좌와 우를 가르는 주장들
무늬 한 가지를 몰라서
이견이 분분한 우둔을
용서하라
용서하라 누가 평안하고
잘 사는 가를 보면 한쪽의
주장은 분명 막힌 사람들
눈과 귀가 둘이지만
기능이 정지된 인형
그런 사람들이 있다니

책 여행

아침이면 여행길에 오른다
바라보아 온갖 풍경을
선택하라는 책상 앞 출발역
푸른 신호에 마음 부드러운
조용한 세상이 마구 뿌려놓은
젊은 햇살의 다발들에 손을 흔들어
환송을 받는 손님은 떠나는 길이
즐겁다 날마다 마침표 없는 가끔
간이역에서 쉬는 바람에게
여기 어디쯤이냐 물어
휴식을 꺼내는 여행객
누구나 떠나는 여행은 다시
돌아와 안식이 되는
추억이지만 눈이 형형함으로
세상을 보는 길이 환히 열리는
책은 그렇다

내 만약 돌아갈 수 있다면

돌아가고 싶다 그 길
멀어 거칠고 아득할지라도
눈보라 비바람이야 한때
지나면 다시 고요가 찾아오거늘
두려움 멀리 보내는 우선
떠나는 길에 서고 싶다

그럴 수만 있다면 세상
아픈 작별도 있고 더러
가노라 꿈꾸는 길이 열리는
꼭히 한 사람 어딘가
산 너머 소식 이미 끊겼어도
자취 찾아 한마디 못했던
젊은 날 그리움을 기어
전달할 수 있다면 그 길에
터벅이더라도 종내는
나그네가 되고 싶다

안개 혹은 추상화

날이 날마다
내가 만나는 사실주의
젊은 날은 그랬었네
보이는 것의 아름다움
그리고 질서의 편대
군대처럼 반듯한 때로
엉클어졌어도 질서로
자연은 늘상 그랬거니
어느 날인가부터 찾아온
방문에 그림자 어른거릴 때
달빛의 방문으로 알고
눈 흘겨 보냈던 켜켜 날들
멀어 부를 수 없는 거리는
뒷자락도 찾을 길 없는 지금은
아이들 아우성이 물이 차올라
할아버지 센 머리칼 더구나 듬성
대머리 반짝이는 이제쯤
느닷없는 추상화가 눈에
어른거리는 안개 속
아지랑이네

봄 길에서 얻은 교훈

폭풍 한설은 언제나 아주
짧게라도 혹독한 그리고 비극의
정점에서 내려올 줄 모르듯
위세 등등이 칼날 같아도
한 줌 햇살에 무너지는 차라리
신비라 사는 일이 기다림이면
누군들 행복을 모르리
견디는 일은 추위보다도
더 속내 모르는 응답이
눈물보다 추위는 아픔이라 쉬이
포기각서를 제출하는 순간
어쩔거나 염려의 아쉬움
한설(寒雪) 독한 얼굴은 어느새
간다는 말도 없이 멀리
가고 없는 것을

깨달음

이제 창문을 열고
시원한 바람 어디
숨어 있다 나타난 날개
봄바람은 그렇네
무거운 겨울의 커튼이
살랑 바람을 타는 일도
맞아 반가움의 인사라면
긴 겨울의 눈보라
간다는 말도 없이
어디로 갔을까 작별이
있을 법한 것이
무겁고 슬픈 일이어도
떠남에는 아쉬움
가슴 한 자락에 깊이
여백처럼 자리한 것을
새삼 오늘에사
알았다네

낮달

무슨 이유로 창백한
기다림을 세워 놓았는가
높아 서러움인가 다시
돌아 만날 무슨 약속이 있어
하얀 팻말을 걸고 서 있는가
가면 오는 것도 있고
오는 것 뒤에 가는 일이야
순리에 발 길이라 당연하지만
미처 떠날 순서를 놓치고 천공
해 밝은 날에 무슨 약속
어둠 길을 기다림인가
햇살이 웃고 있는
밝음은 누구나 반길지라도
낮달의 핼쑥한 야윔에
바라봄 측은해라
바라봄 아파라

하늘 보기

가까이서는 모두 한결같음도
멀리서는 찬란하고도
아름다움에 눈물이 나네
떠나감도 한참 지난 후
가뭇거리는 영상이 겹칠 때엔
후회의 이름이 가슴에 박히네
꽃향기도 가까이 가면 흔들리는
아쉬움이 이름을 묻지만
조금만 뒤로 서면 붙잡는 향기
서둘러 마음 길에 서네

너무 가까이는 아니고
너무 멀리도 아닌
오롯함이여

여백

바라보아 아스라운
자취 이미 사라졌어도
마음 구석에 웅크리고
때를 기다림이여 만약
모두어 떨리는 상상의 뱃길
지금은 늙어 시름 묻어오는
길은 항상 거칠고 힘겨운
신음조차 따라오느라
날마다 삐걱거리는
살아 가파른 욕망의 자취들
이미 사라진 여백에 흰빛
나는 죄 없음을 고백하노니 행여
젊은 날 비틀거림이 있거든
용서의 항목은 비어있으나
바라보아 웃고 싶네
아름다운 추억들이 살아나네

통과

언젠가는 가야 할 곳
그 종점을
통과하는 절차
"너, 뭐했느냐?" 묻는다면
주저 없이
"글만 썼습니다"
"무슨 글이냐?"
남을 위한 장식과
시를 위해 오로지
살아왔습니다

"답답한 인간이로고"
참으로 막힌
"답답한 인간이로고"
"저쪽으로 가라"
"답답하니까,
통과"
··············

실안개

실안개 낀 날이면
멀리 먼 곳을 바라보고 싶다
거기 무엇이 있을까 호기심
가림으로 유혹하는 것 같은
실루엣 살살 움직이는
걸음 따르는 흔들림
궁금증이 일어나는
아, 억제할지어다
욕망은 스스로를 휘감아
파멸에 이른다 해도
부풀어 죽을지라도
보고픔이여 슬픈
관음증

안도감

돌아본다 아무것도 없는
황무지 벌판 그사이에
내 자취가 어른거린다
이리저리 바람 따라
가는 곳 어딘지 앞사람
머리만 쫓아 작정 없는
방황이 손짓하는 숲 지나
철이 나이에 비례하는 공식 없어
마음 붙잡는 일 지난(至難)이라
갈수록 표표(漂漂)의 산 아래
내 자유는 통제선을 위해
고개를 숙이는 그나마 살아
기중(其中) 현명했다

수요일

중간쯤에 오면
고개는 숙어진다
내리막이 가까울수록
기다림 없는 속도조차
성난 얼굴 진행형
다시를 되풀이할 마음이
풀어지는 어디쯤이면 종점은
약속을 변경할 수 없다는
돌아가는 내리막의
수요일쯤이면 이미
주말은 약속처럼
그대 곁에 왔다

자취 찾기

꿈꾸고 일어난 아침이면
그 꿈을 찾아 길을 떠나려
어디쯤이면 있을 것 같은
줄기 따라 옮기는 발길에 소리
오라 오라의 안개는 아득한데
애오라지 지난 밤의 어둠 속에서
혼자만 갖고 싶었던 자취
강물은 소리 없이 아침을 지나갔네
따라 길은 하나가 아닌 갈래갈래
선명해서 보았던 점차
사라지는 안타까움에 그만
소리 질러 멈추라 큰소리에
지난밤의 선명했던 꿈이
놀라 어딘가로 가버렸습니다
끝내 갔습니다

고독이 앞에서 손짓하는
길은 춥고 외로운 상실

제3부
보오들레르의 몽땅

한국에서의 노벨 문학상

가지고 놀았던
유명(?)처럼 행세한 사기꾼
일찍이 그를 타매(唾罵)한
차라리 나는 고독했다
오만이 성을 쌓을 때쯤
무너지는 탑 위에서
초라에 마구 박수를 치는 군상들
똥주머니 악취를 포장한
시월이면 날마다 고독한
진리에 위로를 보내는
눈물 같은 진실은 외로웠다
가치는 없고 헛된 바람 유명이
가짜라는 걸 아는 속내는
한 겹 의상을 벗기는
추한 손길과 다름이 없는
그런 일과 똑같기 때문이다

순결과 깨끗

나는 얼마나 깨끗한가
나는 얼마나 순결한가
대답이 머뭇거린다
죄 없음도 죄가 되는
사는 일 그렇기 때문

욕망이 문을 닫을 수는 없지만
나오지 말라 나오지 말라는
부탁 더불어
고개만을 숙이고
살아 예 이르렀어도
흰빛 앞에서 자꾸
부끄러워지는 내
그림자의 길이에
안도감이 다시
부끄럽다

무지개

나가 찾아보려네
어디 있음 아득해도
어딘가는 있을 것
하늘이 아니라 해도
땅 깊이에 숨은
일곱 빛깔이 아닌들
무어 대수랴 가슴에
그림자 어른거리는 길은 늘상
기다림으로 서 있거늘

나가 찾아보려네
땀을 흘리면서 고생이
땀방울로 엮어진 하루에
다시 하루가 겹치는 오늘
무지개 떠오르는 마음이면
세상 밝아 외로움도
멀리 달아나는 상쾌함도
맛으로 따지면 좋을 것

어느새 다가왔네
꿈 자락을 타고 몰래
발아래 서성거림으로
빛깔 아름다움에 취한
눈빛은 밝아 빛나거늘
이미 일곱 색 찬란함이야
가슴에서 소리치는
오라오라의 노래처럼
마음 깊은 곳에 자리하고
꿈을 꾸라 권유하던
무지개는 이미 내 곁에
웃고 서 있는 것을
미처 몰랐네

소리의 침묵

들리는 소리 없다고
소리 없음이랴 천지
가득한 소리의 행진
자동차 경적 소리
아이의 울음소리
어미가 자식 부르는 소리
아이가 투정하는 소리
어디 그뿐이랴
해가 떠오는 아침의 소리
달빛이 흐느끼는 소리
사랑이 배고파 우는 소리
죽은 자가 떠나가는 소리
가득해서 오히려
침묵으로 잠자는 소리들
선택만을 강요하는 그대
귀를 열어라

풍경(風景)

나는 무슨 풍경으로
서 있는가 가끔
걸어 옮기면서 세상
지나 보고 온 이야기
나무에 걸리는 열매인 양
의미로 익은 소망
바람 지나느라
수다조차 달콤해지는
색(色)으로 치장된 해조(諧調)
정다움도 끼겠다는
크낙한 화판 속으로
연이어 흔들리면서
정처 없음도 노래가 되는
한 사람이 걷고 있다

봄이 오는 밤에 쓰는 시

얼어 웅크린 어둠이
슬슬금 도망으로
발소리 죽인 겨울은
고개를 넘었는가
소살거리면서 찾아든
안개 따라 조심스레
마실처럼 다가온
정다움은 녹아드는데
아직도 웅얼거리는 몸짓에
머머뭇도 들리는 소리에
못 들은 척 내숭을
감추고만 있다

바다의 전설

그는 파도였다 몰아
한꺼번에 밀려오는
길 없음도 길이 되는
포말(泡沫)의 언덕이 높을수록
즐거움이 뛰는 심장
형형(炯炯) 밝음을 찾아가는
미답의 여행에
끝없음을 키우는
일상

드디어 그는
파도가 되었다 격랑의
키 높아도 먼 소식으로
전하는 시원(始原)의 전설
스스로를 잊어 사는 일
가슴을 열어야 보이는
압도의 파랑(波浪) 높을수록
열정의 푸른 물이
장단 맞추는 운명으로 변한
바다의 전설

공부 맛

늙어 알았다 공부가
맛이란 걸 희수(喜壽) 넘어
일산(日傘)이 다가오는 때쯤
목구멍을 넘어가는
음식이 아니라 세상
골고루 차려진 음식상
수저를 들기까지의 주저중
그런 세월의 중심에서
놀자 놀놀놀자 장단 찾아
멀리 돌아온 일이사
오늘을 맞기 위한
전주곡으로 알고
눈 침침 흐린 윤곽 속에서
빛나는 것을 만나는 것이
어디 광부의 몫만이랴
황홀하도다
부끄럽도다

꼿꼿

얻어먹어야 거지인가
아니다 고개 숙여 비겁도
병중에는 큰 병이거늘
또 얻어먹고 빌어먹으면서
외려 큰소리 어디처럼
비겁을 허세로 포장하여 위협하는
항상 속을 감추고 큰소리 어디
지도자는 지조 신념의 깃발
멀리 보는 밝은 눈에
고독조차 아름답지만
맨 아래 보이는 사람들의
신음을 들어 자기 가슴에 심는
헤아림이 있어야 하거늘
누구 집안 칼날의 죄명 큰데
그 아래 굴종의 머리 숙이는
비겁은 비겁보다 더 큰
용서 못 할 죄명

책 한 권

책 한 권을 읽으면
큰 바다가 열리고 마음
그 길을 따르노라 분주한
붉은 연필로 색칠한 길
살아 바라보는 진정 길인 것을
때 늦어 아쉬움도 오롯한
고독조차 불을 켜는
밤 길이 아름답네

지난 형설지공은 이미
밝아 빛나는 전등 Led
그림자 윤곽 뚜렷한 길, 해도
찾아야 보이는 것도
보물찾기의 체험 오늘은
손때 묻어 자랑처럼
마음이 따뜻해지는 일도
자주 만나는 밀회

신돈과 은

같다.

선화와 서동의 사랑에는

곳→ 곳 →꽃=용=왕족
그들의 사랑에는
담장만 달랐을 뿐
같다

아침 해

어둠 걸어
도착한 표정이
어제 본 것과는 다른
눈길을 걸어서 그런가
아침의 인사는
얌전해야 하는 것처럼
마냥 웃고만 있는 내숭
반가움을 감추고
제 갈 길 토라진 표정엔
숨긴 자취가 역력한데
통통 살이 오른 볼에
붉은 입술이 고웁다

춘래불사춘엔

봄이 문 앞에서
머뭇거리는 발자국
봄 눈이 초라하게 내려
이내 사라지는 자취
흔적을 남기는 물길
강으로 가는 길을 묻느라
느린 시늉이 어설픈데
아우성처럼 내린 눈발은
도망가듯 사라지는
햇살 앞에서는 아무래도
이길 수 없음을 알고
분분(紛紛)조차 부질없는
봄날의 해프닝

풍경의 아우라

기다림을 붙잡고
살아 날마다 바라보는
동쪽에서 서쪽으로
고개 돌리는 방향
초록으로 따라가는 머리
푸른 이름의 왕관을 쓰고
조용하기 안으로는 법석인
봄이라서 배운 교훈
겨울의 모진 된바람 끝에
매달린 시름도 내려놓을 때
겸손을 익히는 아름다운
교실의 풍경

보오들레르의 몽땅

오죽했으면 뒷골목의 트기
쟌느 뒤발에게 마음 몽땅
재산 몽땅을 바치고
몽땅 망한 육신을 이끌고
술이 위로의 노래였을까
고독이 앞에서 손짓하는
길은 춥고 외로운 상실
고독은 점점 키 높아
그림자로 휘감는 슬픔

생산목록이 차압 당하는
수족의 아픔도 견디며
살아 먼 뒷 날에사 받아본
편지 한 통이 눈물이 되었으니
검은 무희에 그나마
영혼을 속삭이는 따스함에
몸을 숨긴 그에게
뉘 손가락 짓을 하던가

멀고 먼 50년 뒤의 햇살이
슬픔처럼 무덤 위에
마구마구 몽땅 내린들
아픔이 사라졌다는
소식을 들었을까

솔직히 변명

'솔직히'라는 말은
너무 가볍다, 해도
더 가벼운 말이 없어
다시 쓰기로 합의하니
바람이 간섭하는 소리
날아갈까 두려워
좀 더 무거운 말을 골라
땅에 심어 놓고 바라보려
땅을 파노라니 이른 봄
숨어 있던 개구리가
눈을 부라리면서 아직
때가 아닌데
"나, 어쩌란 말이냐?"
따질 만도 하구나

어떻게 예, 오느냐고
또 얼마 머물다 언제쯤
어디로 갈 것이냐고

제4부
봄의 물음표

지우개

오늘도 나는
그대를 지운다
왔던 것이 사라지는
흐린 윤곽에서
다시를
꺼내기 위해
그대를 지워야 한다

오늘도 나는
하릴없는 권태를 보내려
길을 넓히는 공사
쉬이 보낼 것을 위해
바라보는 멀리
그대를 기다리기 위해
지워지는 자취
오늘을 시름시름
지워야만 한다

갚음

예쁜 여자보다
시원한 여자
얌전한 여자보다
정겨운 여자
19세기 여자보다
20세기 후반기쯤 여자
마음 답답한 천사보다
적당히 요부 같은 여자
선생님처럼 따지는 여자보다
이해도 넓은 여자
변명이 앞장선 여자보다
긍정이 앞선 여자
아니다, 아니야
어머니 '같은' 여자

불행

그 이름을 들으면
경련이 온다 누구나
피하려 외면하지만
어느새 곁에 있어
마음 불안의 실타래
꾸불거리는 고개
넘어야 보이는 멀리
푸른 경계(境界)의 고비
그 고비에 도사린 강물은
깊이에 취해 흔들거리고
두 발로 걸을 수 없는
헤엄 모르는 딱함
누군가의 조력이라면
물고기들에게 배워야 한다

보름달을 바라보며

멀리 누군가 있을 것 같아
하얀 달빛 아래
작정 없이 서 있노라면
토닥거리는 따슨 손길
은근함도 미소 같아라
얇은 졸음이 커튼을 치고
실눈으로 바라보다
선뜻 다가온 실바람에게 그만
들켜 미안함도 있어
동공(瞳孔) 크게 다가온
손길 부드러움도
따스해서 정겨워라 꼭히
누군가 있을 것 같아
바라봄도 은근함에 취하는
좋은 여인의 마음 같아라

유언처럼

내 죽으면
무슨 말로 유언의 길
짧은 부탁을 할까
살아 부질없음의 꼬리
너무 길게 이어지는 변명
남길 것 없는 자취에
무덤 위에 푸른 풀
이름 몰라도 햇살
밝아 조금은 따뜻한
솜이불 덮어주는
그런 손길이면.....

이별 앞에서는

눈물은 길이 없어도
어느 땐가 잘도 찾아드는
문 두드림 이별 앞에
어찌 고개를 숙이리
길 막혀 갈 수 없는
변명이라도 있다면
그 길 영원히 막혀라

토라진 입술에 깊이
할 말을 못 하고
시름겨운 표정 감추어
물살만 바라보는
파도의 노래는 슬픈데
가슴에 남아있는 여운
떠나지 못하게 막아서는
가로막힘 자욱한
안개라도 짙어라

친구 혹은 이별

세상살이 누구든
만나 친구가 되는
얼굴 익힐 서너 고개쯤이면
작별도 없는 이별 앞에
가슴 졸이는 시간들의 반란
진압군이 도착하기 전에
도망하듯 가버리는
공허의 뒷자락
모래성이 허물어지는
소리 잡힐 것 없는 허무가
메아리로 소리치는
떠남은 그러해라

날이 날마다 바라보아
푸른 들판에 눈 맞춘
강이며 들 그리고 너른 바다
숨소리 듣고 살아
위로가 되는 눈 속으로
그나마 빈손의 허무보다는

눈에 가득함이 친근해라
날이 날마다
위로가 됨은 그러해라

내 그리움 곁에는

내 그리움 곁에는
누가 서 있는가 온기
몰래 가까이 다가온
물길은 그렇게
가슴으로 파고드는
봄바람에 미소짓는
꽃이 피기 위해 분주한
봄나들이처럼 가벼운
소풍 길에 마주친
아, 그리움도 함께 오면
아미(蛾眉) 숙여 인사하는
부끄러움을 어쩌리
용기없어 서성이는
머뭇거림을 어쩌리

봄의 물음표

물었습니다 너는
어디 있다 오느냐고
무엇을 했느냐고
어떻게 예, 오느냐고
또 얼마 머물다 언제쯤
어디로 갈 것이냐고
몇 개의 물음표를 던지고
한참을 기다렸으나
묵묵부답 오므린 입
환영의 아치를 만들어
손자들 불러 신바람 파티
부풀어 기대가 무너진 아쉬움
무산된 계획이 얼마쯤
기다려야 할지 지금은
그저 바라만 볼 뿐
기다려라, 좀더
기다려라가
정답이랍니다

봄의 느낌표

혹독한 시련은 항상
기억을 붙잡는다 매서운
얼굴이 떠오를 때엔
몸서리 전율이 두려움이었지만
지나 새판의 놀람에는
잊음도 추억으로 돌아가
문을 열어 노랠 부른다
그 노래 향기를 대동하고
세상은 갑자기 밝아
웃음이 피어날 때쯤엔
윙윙거리는 분주조차
살판났다 떠드는
입학식에 참가한
초등학교는 분주하기
꼭 벌떼들의 소음이다

봄의 상상

바쁘기로 말하면
지상이 아니라 땅 깊이
입춘지나 우수 경칩이면
꼬물거리는 땅속에는
아우성이 요란일거다
창문을 열어 달라
출발 신호 올리면
뛰어나갈 아지랑이
춤추는 무대를 위해
한때는 바쁘거니
그뿐만 아니라
준비물을 잘 갖추어야
장기자랑 선전할 수 있는
무대는 기대로 충만할 텐데
어쩌자고 때늦은 훼방
분분 눈발이 길 막고
통행증 검사가 심한고?

불면 방황

철 지난 늦 된바람이
문을 두드릴 때
예고편 늦은 봄 자락
신호를 기다리는 일도
잠들 곳으로 나래 접는
불면 없는 새들이 부러운데
뜬 눈으로 어둠 지나는
방황도 추위에 주춤이라
창 앞에 서성거리는
심심한 달에게 멀리서 보고 온
소식들이 궁금하여
문을 열어 말을 하려니
바쁘다 희미한 빛을 남겨놓고
가버리는 적막 앞에
다시 불면을 붙잡고
떠돌이 신세 홀로
여전합니다

활자 응시

예전엔
잘 보이던 활자가
가물거리는 안개
콧잔등 돋보기 아직이지만
또렷했던 크기가 점차
낯설어 이별로 보이는
구분 어려워 갈 길 더딘
기별이 어둠에 묻힌다
사는 일 변하는 모양들
체념이 목마른 아직도
싱싱한 변명이 뛰는데
요리 솜씨 없는 내 응시는
애먼 탓으로 돌리는 비겁
지금은 그렇습니다 아직은
그렇습니다

전통 변증법

과거는 길을 달려
오늘에 이르러 안심하고
바톤을 건네주고
뒤로 물러나 격려의
뜻을 기록한다 설사
돌아보아 잘못이 있다 해도
그것은 해석에 잘못일 뿐
과거는 이미 지난 것이라
오늘과 내일이 합하여
이름 가진 몸집을 만들었으니
그 또한 주관이 아니라 이미
객관의 표정이 되었다 왜냐면
혼자 존재하는 것이 아니라
더불어 호흡할 때 나는 거기
이미 들어있기 때문이고 너는
그 줄기에 한 부분일 뿐이라

싹

20세기 저물 무렵에서
전달되어 온 싹이 있다
그 싹은 새로움이
놀람의 증기기관
방적기 시대를 지나
전기 불빛에 눈 부신 다시
컴퓨터의 손끝에서
이젠 기계가 생각하는
AI의 출현에서 하나의 매듭이
제2의 인류를 역사서로 쓴다
세상의 두려움이 닥칠 것이고
모든 게 유물이 되어도
상상력의 원천인
시는 살아남을 것이다

다가갈 명제로 삼아
떠나는 맹세가 길을
물을 때 달빛은 홀로
말 없음을 강조하는 속내

제5부
달빛 한 스푼

내 슬픔에는

번지가 없어라 내 슬픔에는
어디서 오는지 그리고
머물러 아픔을 나누던 시절
슬픔도 사랑이었거니
돌아보아 강물은 벌써
반짝이는 빛으로 가슴을 떠나
바람으로 달아나는 뒷자락이네

내 슬픔에는 번지가 없어도
여기저기 떠돌다 하필이면
따라와 나를 에워싸고 몰래
시름 묻은 길로 어느 순간
꼬리 없이 사라진 빈터의 아쉬움
하얀 여백을 위로하는
기억들이 물 따라 어디로 갔네

떠난 자리에 슬픔은 이유를 몰라
떠돌이 별이 된 자욱도 높아라 멀리
슬픔도 인연이거니 가라는 재촉

사라질 리 없는 줄 알았을 때엔
더불어 앉아 나누는 인생사
슬픔이 가면 기쁨이 오는 그런
순서가 지금은 이름을 정했네

AI와 인간의 사랑

0과 1 사이에 촘촘한
알고리즘일지라도
언젠가는 사랑을 할 것이다
아날로그와 디지털의 간격
디지털이 아날로그를 이해하고
인간의 사랑을 학습하고
많은 실습을 거치고 나면
불안한 인간의 감정을 넘어설
그런 비위 맞춤에 사랑조차
인간의 곁으로 다가올 날이
올 것이라
올 수 있다는 발언에
나는 투표한다 직관을
가져오는 방법에서만
가능한

겨울의 기억법

유랑 길이 끝난 나그네인가
지팡이 흔들거리는 걸음마다
자취 남긴 길 돌아 어디쯤
가림막으로 사라진 어둠의 끝
기쁨으로 돌아선 노래들이
하늘 높이로 올라 전하는
푸른 꿈의 무지개는 이제
가슴으로 파고드는 시늉으로
봄날은 기어이 왔고
어린 날의 기억이
꽃이 되었네

안도감

살아 슬픈 날도
그대를 만나면 가슴
위로의 항목이 다가오는
날마다 쌓아가는 부피
오로지 사랑이었거니
비난의 화살이 빗발쳐도
영감이 나래를 달 때면
찾아온 두드림에 문을 열어
작은 정성을 펴 놓고
그대의 음성을 기다리네

기쁨은 슬픔 뒤엔 꼭 오는 길
마중물을 보내 꽃다발 들고
어서 오십사 웃노라면
반가움도 넘치면 안 되는 것
수줍어라 미소 뒤에는
행복조차 겸손으로
화장기 없음이 예의라 여겨
하냥 바라봄으로 말이 되는

마침내 이어지는 안온
그대 오는 날입니다

유명 의상

-추락하는 어느 시인

벗으면 똑 같다
허울을 입고 치장하고
화장기 짙은 얼굴로
날이 날마다 칭송가를 들은 들
하루아침 순간에 사라지는
안개를 본 적이 있는가

높은 것은 항상
내려오는 길이 넓고
오름은 힘겨운데 땀 없이
오른 풍선의 끝은
멀리 떠날 때 비로소
바람 탓이 두꺼워지는
추락은 아름다움이 아니다

절망이 불어오는 겨울을 지나
바람의 아우성이 왁자한 골목일수록
눈물 같은 추위 파고드는
아픔도 지나면 그것이

소중함으로 다가든 추억
봄이라 비로소 알게 되는
우리들 사는 일은 다만
땀 흘리는 걸음뿐이라
땀 흘리어 사는 걸음뿐이라

머무른 혹은 지나감

머물러 있는 것 보았는가
모든 것은 지나는 길손
사시사철 오고 감이 그렇듯
그 뱃전에 나그네 그저
바라보는 감상이 있을 뿐
모든 기록은 그런 이름에
반복이 주는 것 이를
신기로 포장하는 인간의
망각법에는 다가오는 것들이
새로움이라 포장하지만
정해진 것은 오직 정해진
길이 이어지는 페이브멘트
모든 것은 지나는 다만
길손들인 것을
울고 또 웃는

구름

하늘의 구름을 바라보면
자꾸 묻고 싶어진다 느닷없이
하늘 구석에서 생겨나
창백한 표정으로 떠도는 신음
급기야 빗물이 되는 변덕
바라봄이 아름다워도 그 아픔
깊게 감추느라 자꾸
뒤돌아봄도 없이
길 만을 재촉하는 성급한
이도 아니면 모르지만
어딘가 물을 달라 소원을 비는
사람들 가슴으로 길을 재촉하여
타들어 적시는 그 푸른
변화에 선물이면 시원해서 좋은
바라봄으로도 가득한 충만
이미 대답은 이로도 충분한 것을
자꾸 묻고 있는 어리석음
구름이 웃고 있다

가출

날마다 가출을 하면
어떨까 생각한다
세상 지루한
언덕이 너무 많아
멀리 떠나 훌훌 자유로
손오공의 여의봉을 타고
여기저기 눈여겨
마음 놓아 쉴 곳이면
물 졸졸 흐르고 남으로
햇발 따스한
작은 나무 한 그루
표적처럼 서 있어
그늘 가릴 그림자 아래
이리저리 해먹 위에서 흔들리는
낮잠으로 지나는 하루
두 발 뻗어 시원한 나날
그러고 싶다. 정말
그러고 싶구나

촛불을 켜고

어둠이 자리 잡은 방안에
일부러 촛불 작은 심지로
방안을 둘러 본다
빈자일등(貧者一燈)은 아닐지라도
안도감이 불빛처럼 아늑한
작은 것일수록 다감하고
정다움은 작아서 나오는
눈에 차오는 이유일까만
바라보는 일도 편안하다
어둠을 태우는 아픔이사
뒤에 넘겨받는 교훈이라
제거하고 나면 작정 없이
달려드는 어둠에는 가만있으라
다독이는 것도 작은
불빛에서는
나도 모르는 위안이
충분하다

달빛 한 스푼

누군들 크고 우람한 바다를
그리워하지 않으랴 마음
비록 좁아 보이지 않아도
눈은 넓어 시원함을
다가갈 명제로 삼아
떠나는 맹세가 길을
물을 때 달빛은 홀로
말 없음을 강조하는 속내
우리 집 정원에는
한 달에 두 번은 약속처럼
우윳빛 달빛 한 스푼
커피잔을 휘저을 때면
무럭무럭 솟아나는 신비
중독의 단념은 어렵다 가끔
구름이 가리고 포기하라는
강요조차 막무가내로
구멍을 내는 노력이 가상하여
새벽이라도 문을 쬐끔 열어주어
숙면의 길이 달콤하다

사월이 오면

꽃 피는 날 사월이면
길을 재촉하는 어딘가
떠나는 발길이 있으리
어려운 숙제 모두 끝내고
허전으로 텅 빈 복부
바람 소리치는 빈 회오리
채움이 야위었더라도
만족을 높이는
붉은 가리킴 막대 끝
그날이 다가올 설렘
가득한 마음을 가지고
꽃 피는 사월이면
운명이 지워준
내 숙제를 마칠 그날이 오면
어딘가 무작정 여행도
떠날 수 있으리

밤빗소리

어린애 발소리가
들린다 자박자박
겨울 마지막 얼음장
시치미 떼는 소리가
들린다 타박타박 투정하는
아내의 말소리가 들린다
똑똑 창문을 두드리는
간간한 소리도 들린다
봄의 소곤소곤 소리가
들린다 아침 창문 열어
세수한 얼굴 만나고 싶은
가슴 뛰는 소리도
들린다

봄비에는

겨울나무 끝에
방울 영롱한
신비의 증거물
수정구슬로 매달린
끝에 끝의 긴장
봄 길 묻는 영혼
바라봄으로
열리는 신기의 -
은빛 구슬들

허무에 허무

허무에는 알맹이가 있다
굳어 단단하기 돌 같아
깨질 수 없어 오히려 감추어진
속에 속에는 어둠과 자리한
주인공이 앉아 있어 그 위에
허무라는 의상을 걸치고
그대를 바라보면서 웃고
그대는 절망의 난전을 펴고
위장에 속아 넘어간 일을
탓할 수는 없다

허무에는 길이 있다
보이지 않음이 보이는 곳으로
찾아야 할 숙업의 이름에 담긴
견고한 고독의 성주 결코
문을 열어주기를
기대하는 것은 슬픈 일이다

허무와 친할 때 허무는

나이를 먹지 않고 생생
밝은 표정이지만 누구도
그 얼굴을 대면하려 하지 않는
빈자리에서 희망의 난전
호객으로 물건을 파는
싸구려 상인이 결코 아니다

허무는 허무가 아니라
동그라미를 회전하면 뒷모습
달리 보이는 것을 한사코
꺼풀 눈으로 바라보아
은폐된 진실에 눈을
똑바로 뜨고 기다리고 있어
허무는 결단코 허무가 아니다

땅을 보는 이유

누구든 하늘을 바라보면서
소망을 찾는다. 그러나 하늘은
멀리 하늘로 길을 내는
비행운의 꼬리 무얼
찾을 수 있을까 돌아앉아
탄식하는 길이 하늘에는
가득한데도 하늘을 찾는
사람들의 눈동자
붉다

하늘을 향해 소망을 찾는 일
결국 허무를 찾아 위로받은들
잠시 아주 잠시의 무지개에
찾아갈 길이 없게 되는
막다른 골목에서는 또다시
누군가를 찾는 절규
절망도 함께
온다

고개 숙여 땅을 바라보라
꺼지지 않아 단단한 대답
뿌리 내린 줄기의 튼튼
그리고 꽃이 오고 드디어
단맛의 열매를 바라보는
그대 눈에 담기는 환희
오로지 땅이거니 다만
땅이다

사람 목소리가
그리운 날의
망연(茫然)

제6부
사람이 그리운 날의
망연(茫然)

중성화에는

구분을 없앴다 시대는
너와 나 그리고 여자와 남자
완력의 그물이 사라지고
또 다른 이름의 표정
여자는 남자 같은 여자
남자는 여자 같은 남자
성질이 사라진 표정 그걸
변화라 부른다
간섭 없는 우주는
이것을 바라보고 날마다
웃고 있는 너그러움
땅은 시시로 변하는
거기 사는 일들
오로지 사람이 몫
인간의 몫이로고

걱정

늙어 망령들까 걱정이다
판단의 오리무중 설사
걸음 비틀거릴지라도
바른 생각 바른말을 위해
날마다 나를 되돌아보거니
행여 어긋난 흔들림에
기억 가물거리는 일이
온다면 앞뒤 그리고
좌와 우를 살피는 지혜
불러 물어보고 싶다 하지만
얼마까지면 나를 알까
접어 침묵의 행진으로
곧장 들어가는 길을 위해
깨우쳐 달라 뉘에게
부탁할까 아직은
성성한 머리에서 싱싱한
판단이 길을 알고
찾아 가지만...

빛나는 것은

반짝이는 것은
햇살만일까 날마다
바라보는 사금파리에서도
반짝임은 아름다운데
세상 많은 것들이
햇빛을 받으면
아름다움으로 변하는 것도
어둠이 오면
잡을 길 없어 아쉬워라
진정 빛나는 것 날마다
헤매어 찾아도 순간
가버리는 빛남들
어둠에 이르러 자취
사라지는 쓸쓸한 탐구
방랑이 멈추는 지친 바닥에서
창문을 밀고 오는 소식에
떠오르는 생기 한 다발
마음 밝음은 무엇보다
빛나는 이름이라네

파랑새의 자취

젊은 날은 파랑새를 쫓아
멀리 하늘을 바라보았고
갈 길을 찾아 헤매는
어둠도 두려움 없는 걸음
강 건너고 산을 넘어
더 멀리를 바라보는 눈에
푸름만이 아닌 가끔은
구름장 속에서 나오는 신음
우레 천둥이 가슴을 놀라게
떠들어 아픔도 지나왔다
들판이나 산속에 있으리라 믿었던
파랑 자취는 어디에도 없는
회색의 장면을 자꾸 넘기면서도
어딘가 있으리라 믿었던 젊은 날
그 신기루에 이끌려 지금은
깨달음에 물이든 파랑 이름이
마음에 있다는 것을 알기까지는
두꺼운 일기장에 들어있는
작은 숨소리가 전부였다

시적(詩的)으로 살기

1.
가슴 아파라 살아
현(弦)이 울리듯 마음
바람에도 떨리는 깃발
긴장 깊이 깊이 들어앉아
꺼낼 길 찾느라 헤매는 여정
하루를 살아 기쁨인 날은
불시에 문을 두드리는
찾아온 이름에 눈물처럼
마음이 뜨거워지네

문 앞에 벌(罰)처럼 서 있어라
숨소리 달려오는 먼 길을
바라보고만 있을 때면
바람은 나무 끝에서
저 홀로 흔들리는
잎새의 춤 아주 짧은 찰나에
영감(靈感)의 자취를 이끌고
회오리바람 타고

그림 한 장이
가슴에 박히네
울림이 되었네

2.
시가 오는 날은
기쁨 중에도
상(上) 기쁨이 노래가 되는
그 노래 바람을 타고
허공 멀리 흩어지는 기쁨
깊이에서 하늘로 다시
하늘을 돌아 가슴으로
생명의 춤을 위해
기도처럼 정갈한
마음을 닦고 있습니다
마음을 그리고 있습니다

회고전(回顧展)

빛나는 날은 기다림이지만
땀을 교환하고 바꾸는 선물
촘촘한 그물망을 펴고
요긴한 길목에
기다림을 세워 놓고
언제 오는가 바라보는
소망은 항상 늦어 지각으로
호된 꾸지람 뒤에
고개 떨구고 야단맞았던
지난날은 서글펐다 이제
저물어 용서를 받은 황혼이
자리를 깔고 어둠을 불러들이는
골목 추억이 아우성으로
바람을 뒤따라가던 희망의
물목들의 희미한 자취
허겁지겁 목마르던
노래가 목이 쉬어
안개처럼 흐린 눈에도
길을 잊지 않고 찾아오는
비틀거림이 외려 고맙다

봄은 어디서 오는지

겨울이 가면
봄은 어디서 오는지
길을 떠나고 싶네
물소리 청아한 노래
바람 따스함을 이끌고
산천을 스치면서 깊이
땅에서 소식 전해 오는
봄이 오는 마중 길에
웃음 한 다발을 세워 놓고
반가워 고개 숙이는
그리움이면 그대 위해
겨울은 저만치
길 떠나갔네
산 너머로 갔다네

별, 달, 해

어둠을 눕히고 오는
정복자이라
밝음을 전리품으로
골고루 나누어주는
무적 장군의 개선
웅성이는 군중들이
시작하는 출발
노동의 신호

어스름 융단 길을 지나
가린 듯 보이는 은근
두근 조근거리는
속삭임 이어지는
어떻게 오는가 사랑이
나무에 걸린 달을
바라보는 눈에
호젓을 방문하는
눈길의 대화

어린 마음이 바라보는
반짝이는 영롱을
뜻으로 심어라 보여주는
멀어 아득해도 항상
가슴에서 살아
하늘에 박힌 꿈들이
천진한 소망으로
마구마구 달린
하늘의
열매

종이 한 장을 드리오니

하얀 종이 한 장을
그대에게 드리오니
무언가 쓰십시오
무엇이든 쓰십시오 하면
방황에서 돌아온
자기를 만날 수 있고
떠나는 유령을 볼 수 있는
우리는 하얀 종이
한 장에 공포
기쁨의 반대편
슬픔도 보입니다

그뿐이 아닙니다
첫사랑 울렁이는 시절
가슴 뛰던 무지개
꿈길이 열리는 마음에
잠 설치던 기쁨이 얼마나
소중한 별빛이었나
기억이 문을 두드리는

환희의 절정 또는
가을 길로 떠난 뒷그림자
아픔으로 신음하던 이별도
떠나는 길이 보일 겁니다

하얀 종이 한 장을 드리오니
그대의 고백
무슨 그림이 될까?

우리의 슬픔에는

눈물길 마를 날이 없는
우리의 슬픔에는
곤곤한 강 물살 출렁이는
뱃전은 항상 흔들렸고
때로 멀미 곤혹스런 여정
땅을 딛고 서는
그 길 앞을 바라는
그리움이었네

해도, 우리의 슬픔에는
길이 들어 있어
뜬 눈에 담기는 풍경
그 그림을 앞에 걸고
날마다 바라보는 시선
길이 보이는 눈물길에는
희망이 손짓하는 아주
작은 키의 손님이
허위 허위 손 흔들며
오는 모습이 보이네

우리 슬픔에는
지나 화려한 추억으로
모두어 쌓아가는
마음 아름다움으로
따라가는 동행
슬픔은 기쁨을 불러오는
고비의 여정에
그 길을 함께 가는
동반자

사람이 그리운 날의 망연(茫然)
-목소리.1

서울에서 모르는 길을
묻는 방법이 없다 저마다
바쁜 것도 이유는 되지만
묻지 않고도 정확히
찾아가는 믿음이 있어
아무런 두려움이 없는데
시골 깊은 곳에서
찾아 딸 집 가는 길
뻔히 알지만 부러
묻고 싶은 나그네의 갈증
인정(人情)이 고달파
물으려다 물으려다
포기 체념을 제출하고 기어
내비게이션을 켜고
대문 앞에 이르고 말았네

사람 목소리가
그리운 날의
망연(茫然)

증거
-목소리.2

아들은 아버지의 성대를
아주 닮았고 손녀는
그 어미의 목소리를 닮았고
아래로 아래로 내려가도
또는 올라 올라가도
변함없는 족속의 증거
생물학은 이런 줄기에서
변종을 찾을 수 없어 고민하는
같은 핏줄이라 안도감
그러나 우리에 갇힌
순수라는 말에는
변화가 없어 심심하다
변화는 앞으로 가는
진보의 이름이기에
보이지 않아도
어디에서나 금방
찾아내고야 마는
공통분모

팔팔 증명

나이가 들어도
내 이름은 변함이 없다
체중은 줄어 또는
키는 졸아들어도 또렷이
알아볼 수 있을 만큼
낯섦이 보이지 않는
팔팔은 얼마나 오래갈까

나이 들어도
내 성미는 여전히 급하고
바삐 가는 보폭의 분주
늙어도 줄어들지 않는
꿈이 있어 지금
달음질이지만 내 육신
이미 쇠잔의 그물에 걸려
바둥거리는 일이
그나마 살아 있음을
증명하는 확실성

영혼과 육신

영혼과 육신이 따로
분리하였으면 좋겠다
짜 맞추는 조립식
뜯어 새로 갈아 끼우면
육신은 죽지 않아
신선한 영생 이러다
따라오지 못한 영혼이
비틀거리면서 육신을
애타게 부르면서
어디 어디서 만날
약속을 정히 하고
어김없이 당도하여
문 밀어 들어가려니
육신이 낯설어 거부의
팻말을 걸었습니다
이 운명을
어쩝니까

고개 넘기

1. 4 후퇴 피난길
남으로 가는 길은 어지러이
붐볐다 남이나 북이나
사람 사는 곳 같은 땅
남쪽에는 희망이 있었을까
북쪽을 버리고
죽음을 바꾸면서 슬픈
행렬 무의식의 중심
소용돌이 맴돌아 이제
돌아보는 것도 아득하여
아비규환이 떠들썩
장마당은 예나 이제나
사는 고민으로 엮어진
굴비는 비싸기만 하다
숨 쉬는 고개는
높기만 하다

말하라
시인이여

제7부
정경(情景) 한 컷

이방인

시골에서 살다 예 살던
서울에만 오면 어지럽다
높은 아파트 올려보아
어느새 고개 아파
이방인의 시야에 분주한 현기증
지나는 바람조차 어지러워
조마조마 바라보는 눈이
마주치는 사람들과 낯선
무표정에 다시 어리둥절
옛날은 이미 간곳없고
골목을 지나는 바람조차
외면하는 동네엔 지난날
추억을 지우고 돌아가는 길이
사뭇 애설픈 그림자로 연신
따라오고 있었다

막힘

미움도 정이 들면
인연인가 연민(憐愍)
둘러쳐진 울타리
바라보기 싫어도
넌더리 바라보아
분노 튀어나오는
차라리 무슨 줄기
돌아갈 수 없는 막힘에
가슴을 두드리는 어느
밀림의 원숭이의 답답
해석이 불가한 이해
나는 울고 있느니
돌아갈 길을 잃은 아픔이
연속으로 울고 있느니
날마다 하루살이

귀가

집을 비우고 며칠
휘돌아 돌아온 쓸쓸함이
차갑다 풍경 바라 바라
감탄도 시들해지고
길 떠난 마음은
돌아갈 길을 찾아
그림자의 길이를 이끌고
구불 골목들에 놓고 온
자잘했던 낯섦이 이젠
잊음의 배를 타고
어디로 갔을까 기억이
가물거리면서 흔들리는 이런
일도 망각법을 갖고 사는
무슨 제목일까 그러해도
돌아온 집, 내 집은
마음 편해라

뜬 눈도 절망일 때

어둠이 막무가내로
사방이 칠흑
오로지 두 손 흔들어
허우적이어 살았다
뜬 눈도 절망이라
방향을 잃고
울고 있느니 한 발
천애 단절로 구원의
빛은 몰살당하고 신음이
길을 잃었습니다 그런
어둠 속에 퐁당 빠져
나갈 길이 숨을 거두었으니
빛이여! 오로지 한 줌
빛이여

사창(紗窓) 앞에서

이 일 끝내면 다음
순서는 무얼 할까
조바심 산 넘던 나날들
홀로 지나왔건만 다시
줄을 선
어린 날에
'앞으로 나란히'는
여전히 유효한데 그땐
희망의 줄기가 하늘로 높이
솟아라 눈빛이 밝았네
봄 이어 계절은 항상
겨울을 종점으로
머뭇거리는 주저중이
호명을 기다리는
두근거림이었는데 여전
가야 할 곳은 앞에서
호기심이 재촉하는 안개로
흔들리는 사창(紗窓)을
언제 걷을까

정경(情景) 한 컷

호기심으로 내려온 불빛이
골목 막다른 우리 집
창문을 두드리는
어둠은 마악 자리 잡아
안도감을 내려놓고
밥상에 둘러앉아
지난 시간에서 돌아온 가족들
웃음이 토장국이 된
분주함도 기뻐라
줄지어 보내는 어둠에
함께 끼겠다는 별 무리
이 광경 이 정경에
박수인지 환호인지
꽃가루만
마구마구

희망 가져오기

길을 일찍 떠났습니다
어딘가에 푸른 희망이 산다기에
그걸 가져다 우리 집
대문 앞에 걸어놓고
깃발을 펄럭이면
지나는 사람 혹은
운명을 아파하는 사람들
찾아들어 의논하고 상담하는
신선한 아이템으로 세상
위무(慰撫)의 손길 펼 수 있을까
목적 앞장세워 길을 떠났습니다
구비 지나 고비마다 엉키는
실타래 악착한 괴롭힘
절망이란 놈이 하도 끈질기길래
절벽쯤에서 발길로 차버리고
홀가분하게 떠나려니
웬걸요
내 그림자에 붙어서
발길 재촉하면 그도 따라

빠른 보폭이 지치지 않는
슬픈 에너지는 끝이 없습니다 그러나
잠든 시늉 깊은 어둠 지나
해 오기 전에
슬그머니 화장실 변명으로
냅다 도망쳐 어디쯤
안도감을 가질 때
포기 모르는 이놈이 다시
찾아와 있습니다 결국
함께 가기로 어깨동무를 하고 나니
재미있어라 내려다 보는
아침이 웃고 있습니다 희망의
깃발은 걸지 않기로 했습니다

자식 사랑은

모든 자식들은 어여뻐라
열 자식을 낳아
병으로 전쟁에
반 토막 다시 살아
또 반 토막
고비마다 떠나간 이별
오도카니 남아있는
지질 린 두엇이면
모두들 떠나갔네 하늘은
높아도 내려다보는
흐린 눈에도 염려와
근심스런 마음 줄기는
여직도 내려놓지 못하고
눈물 같은 비로 내려
내려오고 있네

칼잡이

고깃집에서
고기를 분해하는 솜씨는
누구 그랬듯
결 따라 칼날 지나면
무딘 칼을 탓하지 않는다
어린애가 칼을 잡으면
'아서라 위험하다' 놀람은
섣부른 용맹에 만용이
피를 부른다 칼 잡아
취해 '세상은 내거다'는
아침이면 후회 이미
옮맨 스스로에 아픔
이를 어쩌나 교훈은
항상 곁을 지키지만
만용은 이성이 잠들어
눈이 감긴 탓이라
변명은 정말 변명이다
신문기사 오늘 표정은
꼭히 그렇다

허수아비의 눈

-죽은 시인의 사회.1

시인의 표정 밝으면
아주 좋은 평화 비록
신음으로 지새는 날에서
감동의 승화 앞에 열린
화려가 향기롭기 멀리
역설로써 항상 그 반대쪽에
손끝이 머물기 때문

시인의 표정이
우울로 검은 구름이면
지혜로 뭉친 예지에의 예언
위험의 비바람 앞에
그 노래를 따르면
길이 보이는 멀리에
당도해야 할
노래이기 때문

지금 시인의 얼굴은
무표정에 말장난으로

양산의 목록이 늘어나지만
지나면 그것이 끝이 되는
슬픈 상징에 고달픈 표상
날마다 가슴 없어
멍히 서 있는
허수아비

쓰디쓴 소금
-죽은 시인의 사회.2

소금은 필요하다 인간사회
혹은 동물조차 소금밭에서
생명 유지의 무기질을 얻어야
육신 원활한 순환으로 사는
소금의 이름이 있다
공무원, 검사, 판사, 경찰, 군인
사람을 지키는 사람들 모두
소금밭의 이름들이지만
임무 없는 임무로 사는 그리고
노래하는 자의 끝은
세상을 울리거나
감동의 눈물보다 큰
그 이름은 없다 바로
시인이다 시를 쓰는
시인이 없는 사회는
죽은 자들의 묘지이고
시인이 침묵하는 사회는
죽어가는 세상이라
노래하라

말하라
시인이여

유령 군상

-죽은 시인의 사회.3

시인이 우글거린다
음풍농월의 자진소리들이
여기저기 소음이 되어
붐비는 교통 정체에
길 잃어 방황하는 유령들
떠들썩한 그림자만 번잡하다

시는 어둠에 불을 켜야 건만
불씨를 찾지 못해
시름 뒤따라 갈 뿐
출구를 잃어 숨 막히는
무언극의 너스레 대사에
기다림만 세워 놓은 군상들
무표정이 익숙하다

실종신고

-죽은 시인의 사회.4

실종 신고를 한다
깨어 있어야 할 불침법이
모조리 잠이 들어 어둠에
들끓는 무리들의 횡행
일갈(一喝)이 사라진 초라
시대는 비웃음으로
기침을 한다 시가
비틀거리는 취성(醉聲)에
길을 모르는 방황은 오래되었고
돌아갈 집을 찾지 못하는 맹목의
도취는 참으로 오래되었다

여행

어느 시인이 시집
<<나뭇잎 하나 》*를 보내왔다
떨어진 나뭇잎
어디로 가는 여행일까
번뜩 그런 생각이
내 여행과 닮은꼴이라
한참을 생각했다
아마도 강 물살에
이리저리
바람이 불면 다시
저리 이리 혹여
센 파랑이 오면
다시 이리저리
오고 감의 마지막
어디쯤에 머물러
썩어 마무리
슬픈 자취의
승화는.....
  *김석규의 시집명

키와 몸무게

내 몸무게 75kg
세상의 고비를 넘을수록
아래로 내려간다 신음
한 번에 더 아래로
내리막의 길이 아프다
오르는 것과 내리는 것
희(喜)와 애(哀)가 서로 번갈아
오고 감에 따라 역시
키 176cm가 이젠
더 아래로
낙하의 법칙을 수행한다
물리학은 내 몸에서도
변함없는 이치를 가져오는
늘어남과 줄어듦 사이에서
내가 남기는 흔적은
서글픈 감상문을
날마다 제출한다

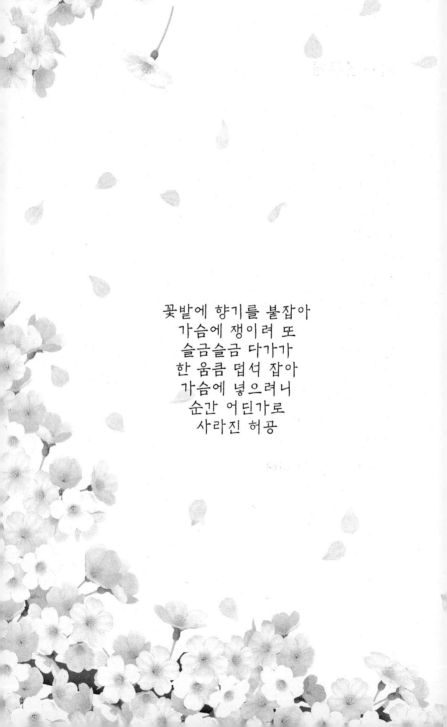

꽃밭에 향기를 붙잡아
가슴에 쟁이려 또
슬금슬금 다가가
한 움큼 덥석 잡아
가슴에 넣으려니
순간 어딘가로
사라진 허공

제8부
바람과 향기

바람과 향기

나무 끝에 놀고 있는
바람을 잡으려
살금살금 다가가
냉큼 잡으려니 순간
어딘가로 달아난
자취 없는 하늘

꽃밭에 향기를 붙잡아
가슴에 쟁이려 또
슬금슬금 다가가
한 움큼 덥석 잡아
가슴에 넣으려니
순간 어딘가로
사라진 허공

이런 고얀 것들을

시작이 반에 한 걸음

멀리 바라보면
멀어 아득하여 언제
당도할 것인가 지질 린
체념이 들락날락
오락 가락에 눈을 감고
그냥 가기로 작심하고
먼 앞을 바라 한 발
이어 두 발자국
시작이 반이라는 말
믿어도 좋았다 살아
셈하고 가는 일은
항상 너무 멀어 잊고
살아가노라면 어느새 당도한
우리들은 그렇게
살아왔고 그렇게
살아간다

기다리는 것은 기다림만큼 행복한 일이다

기다리는 것은
기다림만큼 행복한 일이다
설렘이 일어나고
반가움 커지는 상상
여백의 넓이에 다가오는
또 다른 생각의 부풀음
그 길을 바라보는
그것만으로도 기다림은
아름다운 일이다

기다림이 있다는 것은
살만한 이유가 커지고
살아 전개되는 희망이나
꿈이 따라오면서 화려한
너와 나 함께라서
꽃길 걷는 향기로 기다림은
가슴 가득해지는
기쁨의 일이다

기다림이 있다는 것은
기다림만큼 그리움도
뜻이 높아지고
성숙해서 아름다워지는
큰 키 그리고 우람한
신화의 주인이 될 때
기다림은 항상 스미듯
사랑도 함께 온다

별이 가슴에 있거든

반짝임을 상상하는 것은
별이 가슴에 있어서다
아픔을 빛으로 바꾸는 길에
어둠의 화판 위에
하나씩 둘씩 살아나는
소식이 눈에 가득해지는
멀리 빛으로 다가오는 환희가
마음에 이르러 빛나는 거다

높아서 바라보는 너른 세상
바람도 싱싱한 청명(淸明)에
꿈도 따라가느라 분주를 감추고
하늘에 별이 빛날 때면
저절로 따라오는 사랑도
어둠에서조차 선연(嬋娟)함으로
가슴에는 빛이 되어 반짝이네

밤길 단상

밤에 일어나 청승스레
시와 마주 앉는다 할 말이
없어 그냥 서로가 바라보면
말 없음이 말이 되는 길이 열리고
무언가 다가오는 형상
반갑게 맞아 악수하노라면
어디선가 데려오는 음성
고운 모습으로 아미(蛾眉) 숙이고
인사는 그것으로 대신하는
말이 없을 때 다가오는
침묵의 깊이에는 언제나
무게가 자리하면서 밤길을
심심하지 않게 지나는 것도
밤에만 만나는 재미이기도 하다

보물지도

저마다 부여된 길에서 만나는
그것을 운명이라 부르면
일찍 피어나는 꽃과
중간쯤에 혹은 계절
늦게 피어나는 꽃의
순서는 정해져 있다 땀을
흘리는 길에 일정한 흐름
가고 오는 방향이 정해진
운명의 지도는 변함이 없어
오로지 스스로가 만들어
목적지에 도착해서 찾아내는
보물 지도는 있다

봄이다. 봄

꼼지락꼼지락

꼬물락 꼬물락

꼬물꼬물

킥킥 키익

키익 킥킥

슬금 살금

살금 슬금

요리조리

조리 요리

그렇게들...

말들의 호소

날마다 '말'을 쓰는 일
나는 무엇을 하는가
쓰고 쓰고가 스고 스고에서
서고 서고로 몸을 바꾸어
변하는 이상한 변용
너무 혹사라 참으로
미안하다

말을 살려야겠다는
방법을 찾아 이 궁리
저 궁리가 또다시
말을 혹사하는 내 우둔
참으로 미안하다

말을 재우고 싶다 하면
산속으로 들어가야 할까
바다 깊이에……
수영 모르는 나는 죽고
말을 살리면 이것이

무슨 비난이 될까?

아주 짧게 말하면 아내는
몰라 어리둥절 다시 큰소리
꼭 싸움 같아 이웃이 놀랄
이런 일
어쩐다 참말로
어쩐다

날 날 날

기념 날들이 즐비하다 달마다
신정 구정 3.1절 납세자의 날
상공의 날 여성의 날 장애인의 날
근로자의 날 어린이날 유권자의 날
어버이날 부부의 날 성년의 날
부처님 오신 날 현충일
일 년 중 반쯤의 날들만도
숨찬 날 날들이다 365일이
사람의 날인데 남성은 없고
여성의 날? 도대체
이것들이 떼로
몰려오는 날나리 같아
시큰둥 신생각이다

공수래공수거

오래전 선배의 장례식
무덤에 그가 쓴
시집 2권을 관속에
넣는 걸 보았다 지금도
자기 책을 읽고 있을까 생전에
높이 오르려 온갖 선거에
마음 쓰노라 살았어도
안개처럼 사라진 허무

날이 날마다 책의 두께
전집에 시집에 평론집에
많이 썼는데 이걸 두고
떠나갈 생각이면 살아 잠시
허전하리라 내 관속은 책으로
보공(補空) 가득 찰 일이지만
이 무슨 해프닝일까
이 또한 부질없음을....

아는 것 쓰는 것

시집 한 권을 읽으면
안다 시골, 전원 태생인가
도시, 번잡한 아파트에 사는가
아는 것 쓰는 것
모두 거기 들어 있어
감춘다 해도 결국 보이는
속내라 고백에는
환한 삶의 투영도

책 한 권을 읽으면
살아온 이력의 구비
사상의 맛 그리고
미래를 가늠하는 잣대 환히
등불을 켜고 다가오는
길이 보인다 모두
아는 것 쓰는 것 거기
살아 살고 있음을

일정성분비(一定成分比)법칙

살아 이것 섞고 저것 섞어도
성분의 원소와 무게는 거기 있어
죽어 육신도 가벼워지긴
다 틀렸을까
버리고 가려 정리 참에
법칙이 앞장서 가로막는
이걸 믿어야 하나 아님
무시로 지나갈까 여전히
해답 없는 이 노릇
머리숱만 빠진다

비움의 역설

비우라고만 말한다
이 강조점에서 나는
거역의 깃발을 올리고
피의 혁명을 하고 싶다
갖지 못해서 비우라는 말
가난한 자의 변명으로 엮는
논리 항상 굶주림에 울기에
지금은 가져야 할 때
가난보다 부자는 좋은 것
겨울 삼동을 살아 숨 쉬는
땅속 개구리나 뱀들은
배고파 울고 있으리라
추위에 웅크리고 있으리라
열풍기 냉풍기 팍팍 돌아가는
부러움의 인간 세상을
빤히 보아라

일주일

나누는 것은 불편하다
한데 모아 바라보면 될 일을
쪼개고 나누는 사람들 세상
땅속에 뿌리내린 나무들이 보면
비웃을 거 다 말없이도 뻔히 알아
꽃피고 잎 지는 때를 몰라
계산하고 따지는 복잡
머리 좋음이 머리 없음보다
우둔할 때면 사람이 말하는
진리는 전부 공성(空城) 거짓말
지우고 쓰고 다시 쓰고 지우는
이 번거로움을 왜 할까 순간
8분 12초에 지구에 당도한
빛에게 물어볼까

개구리가 웃겠다

겨울잠을 잘 자고
고개 내민 우수 경칩
세상 얼마나 달라졌나
휘휘 둘러보고
감상문을 제출한다면
높고 높은 하늘로 올라가는
아파트 층수에 놀라고
뻔질나게 바꾸어진 길
고속도로가 바람을 가르는
변화 풍경에 놀랄, 아니다
진보가 보수를 잡아 의기양양
트집으로 세상 모두 가졌다
오만도 놀랄 것이고 봉쇄로
굶어 목숨줄 살려 달라는
위쪽의 누구 실린 신문을
보고 놀랠 것이다 아니다
맞장구치는 아래 꼴에
더욱 놀랄 것이다

가슴을 열어야 들리는
숨소리 밟으며 한 발

제9부
바람의 숨소리

이름 탓

들어 여자 같은 이름이라
무슨 야릇한 광고
후불제 여성 홍분제
섹파 만남 비아그라에
씨알레스 유혹의 메일 매일
날마다 지워도 머리 쳐드는
놀이터 방망이가 힘겹다
강 건너 손짓도 어려운
홍분제가 내게 무슨 소용
지우는 일조차 번거로운
하루 살아 지나는 길에
여자 이름 같아도 이젠
바꿀 수도 없는 운명을
그냥저냥 살아갈 밖에
'홍분제 필요 없어요'
팻말을 어디에 걸까

연못을 치우면서

우리 집 작은 연못
연꽃과 수련 가득
그 아래 물고기 잉어
붕어 의좋게 살아 살 아픈
추운 겨울 어떻게 살았나
호기심 비닐을 걷으니
맨 먼저 하늘이 담기고
맨 아래 느린 지느러미 유영
살긴 살았구나 반갑다
잘 살고 못사는 것보다
살아 있음이 존재의 승리라
대견한 초봄의 만남
재회가 싱싱하다

바람곡

바람을 따라가면
만날 수 있을까 춘삼월
곡수유상 물 흐르는
끝자리에서 잔을 들고
얼큰도 함께 노는 재미
바람이나 데리고 구비로
흐르는 물길 따라가면
꽃이야 제 홀로 피는
길이 많아 머뭇거리는
산천 봄날은 어지러울 텐데
바람 분주에 뒷자락을
이어가면 어린 날에 꽃놀이
물 위에 띄운 추억들 지금은
어디로 흐르고 있는지
바람아 아느냐 물으니
흔덕이는 나무 끝에
웃고 있는 것만 같다

서재에 들어가면

서재에 들어가면
한숨부터 나온다 한때
욕심부려 월부책 다달이
쌓아 흐뭇했었는데 앞으로
짧아지는 햇살 끝자리
저 많은 산더미를 어쩐다
선고 끝난 법정의 쓸쓸함이
고요조차 허전한데
돌아야 할 물레방아는
분주함이 여전 남아있어도
아끼고 사랑받을 이름이
물러나야 할 저 많은 허무의
더미를 어떻게 하랴
공연한 심사에 우울이
비처럼 내린다

저 불빛은

건넛마을 불빛은
빨간 지붕이 유난한
한낮의 분주가 물러난
어둠이라 감춘 색깔
고요를 붙잡고 서 있네
거기 사는 농부
웃음 많은 아낙 함께
이 밤은 편한 대화
귀갓길 자식들 기다리는
초인종 바람에도 멈춘
피곤이 다가온 눈썹
꾸벅 졸음이 외려
아름답네

바람의 숨소리

들리는 길로 나아가
바람의 숨소리 듣느니
조용하여지라 세상은 멀리
바쁜 길로 달려가는
이름 많은 노래가 들려오는
흥청거리는 일은 이미 끝이 난
고운 황혼의 표정으로
마지막은 어여쁨인 것을

가슴을 열어야 들리는
숨소리 밟으며 한 발
다시 한 발을 옮기는
달빛도 따라오면서 굳이
어딜 가는가 묻지 않는
밤이야 지나가는 길
꿈길로 가는 바람은
소리가 없어도 달빛 함께
묻고 답하는 눈짓만
아름다움인고녀

꽃이여, 향기여

꽃이여
가슴에 매달린 빛이여
희망이 펄럭이는 노래로
내일로 가는 다리
강물은 그 다리 아래
꽃들을 이끌고 가네

바람 신나는 이유가
꽃잎에 묻은 그리움
바람으로 일어나는 깃발
멀리 꿈의 땅으로 가는
약속이 한 매듭으로
그대 앞에 다소곳한 모습
다가설 날이 있네

꽃이여
이름 고운 사연이
피어나듯 다시 피어나듯
그리움 그림으로 그린

한 폭의 풍경화로 우리는
기어 향기로 일어나네

봄날의 중심은

무엇이 있을까 봄날의
중심에 있는 고갱이
기어오르는 물관을 타고
드디어 꽃이 되는
그 이유를 알고 싶네

신비로 감춘 의상
변하여 이름이 되는
어디쯤에서 꽃이 되는가
하여 모습을 보여줄까
푸른 여백을 펴놓고
색칠 그림을 완성하고 있나

꽃이라 화려하면
떨리는 마음이 피어나는
우리가 모두어 하나일 때
푸른 물이 가슴으로 퍼져 세상은
드디어 살아 환희가 되네

바람의 언덕

세상은 언제나 조용하기를 염원하지만
바람은 더불어 함께 가기를 권유하네
멀리서 보고 온 기억들이 땅에 숨어
긴긴 겨울을 보내고 솟아올라
꽃이라 부르는 이름을 탄생할 때
그 곁을 지키는 바람의 헌신
우리들에게 보고 온 추억을
말하기 시작했네 언덕에 바람은
돌아온 날들의 기억을 저장하기 위해
나풀거리는 수다를 감추지 않고
사라지려는 이름을 붙들고 있는
바람이었기에 투명을 숨기지 않고
손짓으로 화려한 그림을
깔깔거리는 손짓에 담아 다시
멀리 가는 이야기를 풀어야 한다면서
자화상을 그리는 화폭에 담기는
전설이 길을 떠나려 하네

대무(大霧)에서 연무(煙霧)

어느 귀한 분이 오시길래
사창(紗窓) 가린 가마 길
흐려도 아름다운 호기심
팔랑이는 바람결에
향기 슬쩍 숨기고 보란 듯
꼭 닮은 여인의 미소
가슴 뛰는 설렘을 감추고 있네

농무에서 연무로
장면을 바꾸면서도 여전
보일 듯 감춘 듯
누군가를 만나러 가는
부끄러움도 낯이 익어
멀리도 가까이처럼
가슴 부푸는 장면

새들은 홀로 날지 않는다

설혹 한 마리의 새가
하늘을 가로지르는 것은
슬픈 고독이 혼자이거나
뼈아픈 슬픔의 독립
마음 바쁜 뒤처진 행보에
소리치는 것도 이유가 있다

새들은 혼자 날지 않고
둘이거나 떼 몰려 바람
가고 오는 길이 정해진
행복한 것은 서로 나누는
눈짓과 눈짓으로 이미
뜻이 이어진 비상이라
소리 감추고 조용히
가로지르는 하늘이 있다

조용히 사는 것은

심심할 것이다. 혼자
조용을 곁에 앉히고
말 없음을 격려하는 순서
이미 정해진 약속이
가슴에 당도하여 마음
깊이에 들어와 이야기하거늘
말로 어지럽히는 소용돌이
세상은 점차 사전의 부피가
날마다 늘어나는 혼돈
알면서 알아가는 것처럼
변명을 논리로 포장하는
죄의 두께가 날로 커지는
아수라의 함정에서
통과할 수 없는 막힘
말을 버리고 말을 감추고
침묵의 바다에 풍덩
뛰어드는 일이 곧
승화라

광자야, 앞으로 가자

절대온도(300k) 아래로 일 때
전자들이 양성자에 붙잡혀서
그 포위망을 뚫고
광자는 앞으로 갔다. 허나
팽창의 덫에 걸려 힘을 잃은 삼손
기운 잃은 광자가 나타났다

과거도 없고 현재도 없는
별들의 멀고 가까움 뿐
찾아도 시간은 없었다
주워 담을 시간이 없어도
광자는 여전히 누군가를
맞으러 앞으로 가지만
광대무변의 천지에
기운이 없어도
광자는 살고 있다

시간을 찾는 시인들
눈이 빛나야 한다

자유

하늘에 깃발을 보면
휘날리는 모습
꼭 닮고 싶다 멀리
그리움이 있는 곳
마음 돌리면 어느새
고개 돌아 그곳에
당도할 것 같은 이름

피의 투쟁이 아니다. 오로지
의지 마음에 가득할 때
소망처럼 이루어진
깃발 찢긴 자국을
바람 탓으로 돌리지 않고
다시를 되짚어 나서는
용기의 상징, 투쟁보다
끈질긴 발걸음, 자유는
심장을 뛰게 하는
생명인 것이라

시계에 매달려

항상 매달려 간다
시계를 보고
안도감을 갖고 누군가
약속의 길이 이어지는
어느새 노예 같은 순종에
나는 놀라고 있다.

거역의 깃발을 들고
멈추라 명령을 내리면
모든 게 멈추는 불안으로
내 혁명은 끝내
불발로 끝나고 다시
바라보고 처분을 기다리는
이 초라한 모습에 계속
진행형을 주문하는
모순의 길

한낮에 풀어헤친 단추 하나
저녁 길에 다시 채우는
변하는 세상 너무 큰 멀미

제10부
세상은 시끄럽고

향기

시인은 향기를
갖고 살아 그냥
서 있는 나무처럼
고독으로 그 자리 있어도
향기 퍼지는 노래
그뿐이면 되는
사람

향기 만들어
여기저기 뿌리고
바람에 서서
노래가 펄렁펄렁
얼굴 만드는 표정 그런
아름다움에는
향기가 없다

허열이 아닌 속 깊은
정수(精髓)의 글은
멀리 가는 길에도

피곤 없이 항상
웃음을 감추고도 웃는
그런 전염의 바이러스
향기가 있어
멀리 간다

양심 도피

세상은 모두 위장 꾼들
앞장서 하얀 결백을 보이면서
믿어달라 표정 만든
배반의 선거철
한참 뒤에 걸려든
거미줄에 양심을 꺼내
보일 듯 말하는 입술
어느새 파란색으로
온도는 변해 있었다

동물 카멜레온은 살기 위해
참색을 보여주지만 인간의
진실은 사전 속에서
신음으로 지새는 거짓을
결코 알아내지 못하는
벙어리의 표정을
날마다 볼 수 있다

꽃계집

놀아나 세상이
아우성이다 '나도
그렇다'*가 슬픈
두려움으로 펄럭이고
조신을 가장하고
엎디어 있는 사람들
방종이 만든 오만
고개를 숙이는 데는
아주 순간에 찾아온
세상은 차가울 것이다

곡장(曲墻)을 쌓은들
훤히 보이는 지난 시간들
헝클어진 봉두난발로
무작정 다가올 때엔
추락의 끝이 손끝에서
비명을 지른다 마음에
후회도 비명을 지른다

*mee too 운동은 '17년 Harvey Weinstein으로 촉발. 최초 고발자는 Ashly Judd

고민

하늘에 계신 하느님 아니
우주에 미만한 부처님
바라보시기에 고민이
많을 것 같아
위로를 드립니다 오만가지
방자에 끝 모를 추락도
그렇거니와 시건방이 넘치는
인간 세상을 어쩌지 못하는
참말로 고민 말입니다 물론
단 한 방의 손짓만으로도
혼 내줄 법도 하지만
그러지 못하는 어질병
두고 바라보시는 시선에
그렁그렁 눈물이 보입니다
착해라 착해라의 주문이
이미 약효 떨어진 것을
아시고 무슨 긴급조치가
필요한 것 아닙니까 심히
위로를 드립니다

소식

골목 모서리
혼자 서서도 보이는
먼 길 따라 그대
기다림은 홀로
봄바람 풀어
흔들리는 반가움
넘치는 햇살 받아
오시는 발길
작은 꽃의 웃음

조신하지 못한 바람이
헐레벌떡 숨이 찬
주체 못 할 봄날은
오두방정 이리저리
휘젓고 사라지는
그 사이를 지나
오고 있습니다 소식을
전하는 발길이 이제
마구 들립니다

가치

세상에 가치는 없다
모두 소용에 소용의 쓰임
굳이 무가치를 앞세우는 것
욕심이 낳은 초라에 이를
길은 금시 가까워지는 것을
모래알은 모래알로 쓰이고
큰 돌은 큰 돌 주춧돌이면
어느 것에 경중이 있을까
이는 가치가 결코 아니다

세상에 가치는 있다 모두
저마다의 일에 몰두하는
헌신의 이름표에
제 것은 제 것으로 가고
네 것은 네 것으로 가는
한 발자국에 새겨지는
하루의 저물녘에 돌아보면
아름다움도 서러움이 되는
우리들 지나는 일들은

순수가 투명해지는
모두 가치에 이름이네

세상은 시끄럽고

세상은 갈수록 시끄럽고
어지러운 말소리
봄날에 들려오는 꽃소식
아직은 자락 추위 갈 곳을
못 정했나 아침 길엔
옷섶 여미는 움츠림에
마음은 시린데
한낮에 풀어헤친 단추 하나
저녁 길에 다시 채우는
변하는 세상 너무 큰 멀미
배는 멀리 떠나 돌아갈 길
아직은 멀었는데 파도에
먹히는 지친 슬픔조차도
돌아가자는 재촉이
침묵입니다 세상이
너무 소란스러워서

내 마지막에는

내가 세상을 둘러보고
떠나는 마지막이 있을 것
그때 말을 지금 보관하는 것은
서두르지 않고 가려는
마음 한 조각이네
보고 보아 왔던 날들
미움에 씻긴 돌 위에
비 내려 사라질 시간의 늪
아직 밝은 눈일 때
전해주고 싶네 마음
넉넉함이 아쉬웠던 조바로움
지불각서에 인색했던
항상 에누리를 앞세운
내 영혼은 그렇게 가난했네
함박눈이 내리덮어주거나
억수장마 내려 씻어주거나
아무거나 흘려보낼 수 있다면
좋겠네 참으로
좋겠네

밤길 홀로 걷기

누구나 걷는 밤길
홀로 걷습니다 별무리
이름을 몰라 반짝이는
함께 가는 길이라 두려움
짐승의 소리조차 잠들어
어둠이 따스함이라
흥얼이는 입속에 가락
나오지 못하게
조용을 다독이고
누구나 걷는 밤길
달무리 진 하얀 노래
두려움 없이 걸어
홀로 걷습니다

암병동

서울 어디 암 병동
가슴 떨리는 불안 누워
지났던 중앙수술실
로봇이 칼끝으로
정리한 내 뱃속 어디
잘라낸 덩어리
어이하여 그 이별은
떠남이 안도감인지
열흘 동안 다스리던
마음에는 작별보다
먼 생의 파노라마가
스치고 지나는 화면 전환
걸어서 나오는 한 남자가
뚜벅 걸음으로 도시의
소란 속을 지나 발길이
집으로 향하고 있었다

별이 빛나는 밤

별들은 밤을 위해
연출 준비를 마치고
저마다 빛나는 얼굴로
잘 보이려는 시샘
반짝임이 전부일 때
연극은 진행에 한참
박수를 준비하고 있었다
세상은 숨죽이는 긴장
다음 화면의 중심으로
길잃은 유성이 땅으로
줄을 긋는 일직선 통과
어둠이라 더욱 선명하고
지상의 빛들이 저마다
화답한다

이슬

장강 대하도 천하를 담아
자랑이지만 작은
이슬방울에도 온 세상
빛남은 찬란해라
무엇을 담느냐에
순수와 정성
아름다움은 오로지
응결된 투명이
이름을 얻을 때
행복은 크기가 아니라
의미가 빛나는 것
의미가 찬란한 것

사냥꾼의 눈

사냥꾼은 빈들을 헤맨다
매의 눈 탐색으로
발소리 죽이고, 숨소리 죽이고
찾아야 할 소명 오로지
목적을 위해
온갖 것 잊고 찾아가는
날카로운 판단
순간에 솟아오르는
대상의 비상(飛上)
단 한 번의 기회라서
다시는 결국
패배자의 변명
빈 허공을 가르는 총성은
세상을 놀라게 할 뿐
집념의 사냥꾼은
절망하지 않는다

경청(敬聽)

나는 듣기만 했다
노자, 장자, 열자, 순자, 한비자
장자가 말하면 늘상
이의를 제기하지 못하고
듣기만 했다 그 문 들어
어지러움을 재우기 위해
조용을 다독이면서
들으려 귀를 열고
말은 참았다
길가메쉬, 일리아드, 오딧세이
셰익스피어, 단테 등등 이름 어려운
사람들의 말을 들으려 정말
귀를 열어 경청했다
하도 많은 말을 들어서
어느새 내 입은
말을 잊고 다만 바라보고
듣는 길만 있는 줄 알아
멍히 앉아 이젠
수화연습을 하고 있다.

문이 열리면

그 문을 열기 위해
평생을 기다리고 노력했다
좁은 문 통해 들어가면
신기의 세상 아름다움의
표정들이 웃는 줄 알아
신비의 먼 길을 구비 넘어
터벅이며 다가갔다 흘린
땀이나 고통스런 신음은
당연지사가 허공을 가로지르고
바람을 부르는 축지법은
내겐 소용이 없었다 다만
앞으로 가는 길이 외롭고
헐렁한 의상을 바람에 날리는
고독의 그림자
표표(漂漂)의 나그네 누구도
동반의 걸음을 허락하지 않는
뙤약볕, 눈보라, 우레, 뇌성
가슴 오도카니 슬픔이 오는 파도
그 물살을 견디는 신음을

항상 허공에 뿌리면서
걷고 다시 걸어 예 이르니
하늘은 푸르구나
햇빛은 빛나는구나
새들은 창공의 주인이 되었고
봄을 찾아온 아지랑이 손짓
초록이 일어나는 들판
내 이제 눈을 들어
바라보노니 돌아보노니
사랑이여, 그리움이여
아름다움이여!
찬란함이여!

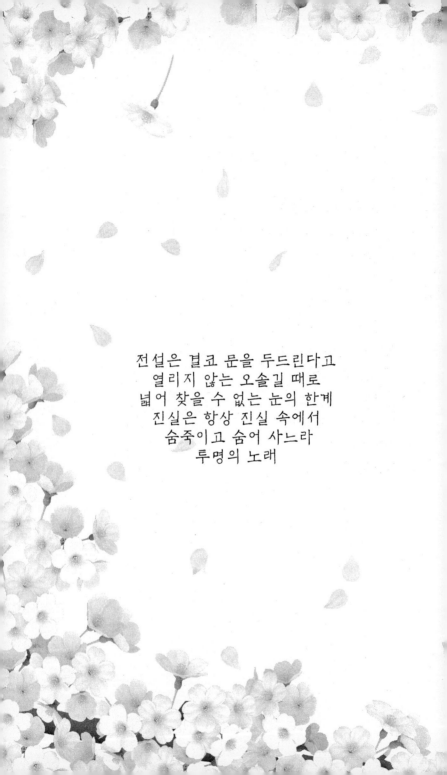

전설은 결코 문을 두드린다고
열리지 않는 오솔길 때로
넓어 찾을 수 없는 눈의 한계
진실은 항상 진실 속에서
숨죽이고 숨어 사느라
투명의 노래

제11부
도착 방송

전설은 문을 두드린다고 열리지 않는다

가슴에 감춰진 전설 그 문은
어디에서도 찾을 수 없는
눈이 뜬 사람의 마음에서만 보이는
무한 대공에 길이 있다

전설은 결코 문을 두드린다고
열리지 않는 오솔길 때로
넓어 찾을 수 없는 눈의 한계
진실은 항상 진실 속에서 숨죽이고
숨어 사느라 투명의 노래
그 노래를 들을 줄 아는 귀는
마음에서만 들린다

전설은 만들어지는 것
억지로 제작하는 것이 아니라
자연스런 흐름을 따라가면
어디선가 손짓이 오고
동반의 손길이 어깨에 얹혀지는
전설은 스미듯 찾아온다

전설은 문이 없다 때문에
방황의 신산(辛酸)한 비명
아픔을 감추고 다만
순종의 흐름에 자기를 놓아
운명을 이끌고 가는
용감한 자의 의지에서
자연스레 문을 열어주는
자동문이란 걸
깨달아야 있다

다시를 꺼내는 변명

사람의 말을 들으면
모조리 변명이다 이어
다시 이어지는 물길
그걸 닮고 싶어 노래를
연창하라는 허락의 종소리
끝은 항상 아쉬움에 마무리는
흔들리는 음성이었다
지켜보아 바라보는 일
파도는 이어 이어
끝을 알지 못하고 마침내
어느 기슭 한적한 곳
평화로운 땅을 맞아
다리 펴고 하늘 보는
세상만사 평안해서
돌아 돌아 확인하는
사람의 마음

목적지에서 돌아보는

목적지에 이르면
허탈이 휘감는다 정상은
내려가는 방법을 더 고심하고
한 발짝마다 따라오는 염려
죽는 날까지 이 보폭으로
목숨을 사랑하리

돌아보아 아득했던 절망도
이룩했다는 안도감이 일시에
온몸을 휘감는 나른함
누구에게 하소하여
다가오는 고독을 만날까

잠시 생각의 정거장에서
편히 앉아 졸음에 길
봄날을 재촉하는 아우성
꽃이 오는 길이 분주함을
시름없이 바라보려네

도착 방송

"목적지에 도착했습니다
잊으신 물건 없이
안녕히 가십시오" 역무원은
목청 낭랑한 작별을 말한다
아쉬움의 그림자 길게
그물을 펴고 돌아 오라를 말하지만
목적지는 작별의 이름이 아니라
작정 없어도 가야 하는
예고편이 기다리는
사는 일 모두
어지러움인 것을
안녕히가 발아래 떨어질 때
다시 주문을 받아
호기심을 데리고 어딘가로
가라는 명령이라 결코
안녕히는 없는데

승리자

봄이 걸어오는 소리가
들린다 어디서든
눈을 돌려 바라보면
겨울을 쫓아낸 속살이
웃음 반 울음 반쯤 섞인
초봄은 그런 모습이다
혹독하고 포악한
겨울을 몰아내는 위력
손가락 힘도 거든 적이 없는데
어떤 힘이 있었기에
꽁꽁 싸맨 외투를 벗기고
후려치는 폭입과 강압에
항복 문서를 받아
승리의 모습을 보일까, 해도
겸손의 마음 보이는 것에 기껏
고개 숙이는 감사가 전부라
미안하다 참말
미안함뿐이다

세상을 돌아보면

웃음이 날 것이다. 하늘 높은 곳
신들은 날마다 웃느라
정신줄을 놓치고 끌끌
종내는 탄식하리라
내려다볼수록 가관 세상
반성 없는 아우성 저마다
잘했다는 뻔뻔 표정
바꾸지 않고 내뱉는 변명
때로 일탈이 제 것으로 둔갑하는
아수라를 바라보는 신들은
하도 재미가 있어 날마다
소임을 망각하고
구경으로 사는 맛
.............각성하시라
어디선가 신들을 깨우는
종소리 들립니다
신들의 직무유기
반성을 촉구하는
종소리가 들립니다
반성문을 제출하십시오

나무의 키

어둠에 저립(佇立)한 나무들
높은 키가 무섭다
지은 죄 없건만 무슨 잘못이
꼭 있는 것만 같아
가슴이 움찔하는 것은
없는 반성문을 쓰라는 명령 같아
돌아보는 회고가 두렵다
순결하기 백설같거나 냉정하기
얼음장 같아도 그 때문에
비난의 화살 가슴에 꽂히거늘
살아 잘못이야 찾으면
셀 수 있는 몇 개의 슬픔도
당연하겠지만 어둠을 입고
찾아오는 마귀할멈이 불시에
마술지팡이로 등줄기를
때릴 것 같은 생각에
가슴이 오므라든다

파도타기

노련한 선장은 떼 몰려 덮치는
파도 앞에 순종으로
고개를 숙이고 멀리 보이는
어디까지 단속의 물길
언젠가는 성깔의 파도도
숨을 멈추는 때 비로소
속력을 높이는 그 용맹은
참된 의지에서 나오는 길이
열리는 신념의 불빛
멀리 가는 사람은
그 나름의 오랜
경륜이 숨 쉰다

설익은 사람은 항상
자기만의 배에 올라타
만용의 칼날을 휘두를 때
돌아오는 섬광 그 빛에
사라지는 비극에는
지혜조차 달아난 아픔

파도에 침몰하는 것은
당연한 일이다

동안거(冬安居)

자기 자랑을 앞세우는 사람
어딜 가든 꼭 있다
나이와는 무관한 망령은
어디든 꼭 있다 초등학교
손녀가 '할아버지 또 자랑이다'에
웃고 지나가도 다시 돌아오는
메아리가 밖에 나가면
거울로 반사되는 아픔, 입을 닫고
묵언의 반성 되풀이에
목탁을 두드린들 자취
도돌이표에 걸린 버둥거림
석 달 동안거(冬安居) 수행에도
청음(淸音)의 방황 길은 여전
멀어 아픔이로다

꽃이 핀다고 모두 꽃이랴

모든 꽃은 아름답다
그 말 없음에 이르면 더욱
아름답다 또한 향기 어디든
구분 없이 다가가는 발길
더욱 아름답다 높이에 벼랑
홀로 핀 묵언(默言)에 깊이
온 세상을 휘휘 둘러보는
모습에서는 경이(驚異)가 온다

꽃처럼 살아야 하리
말의 더풀을 버리고
의젓으로 지나는 고독을 입고
볼품없는 허풍이야
한참 지나 바라보면
사라지는 허공에 구름장
가는 길이 끝인 뒷자락
여운 없는 그림자를 버리고
꽃처럼 살아야 하리

책이 오는 날은

날마다 책 앞에서
그 높이에 오르노라
신음 중이다. 어린 날
침 묻혀 눌러쓴 글자들
활자로 볼 때엔 그날의 신기
바람몰이처럼 먼 선망과
동경이 무지개였지만
지나 추억으로 갈 때
먼 길이 보이지 않아
아득했었는데 이제는
엉금엉금도 오래이다 보니
떠오는 활자 어른거리는
안개 숲을 배회하면서도 지금
내 이름 석 자가 찍힌 책
무던히 바라보는 지금
새 책이 다가올 때마다
울렁이는 흥분의 물살
어제는 <<색>>을 받았고 오늘은
<<절창(絶唱)>>이 왔다

신기가 좋고 바라보는
높이도 좋고 내 것이라는
노래 또한 좋다

외로움

내 책을 바라볼 때
외로움이라는 단어를 생각한다
바람 일으키는 선풍도 아니요
뛰어나 빛나는 광발도 아니요
내 곁을 떠나면 그저
간장병마개 소용처럼
쓸쓸과 외로움을 생각하면
눈물이 난다. 그런데
좋아 쓰는 일이라 할 말이 없다
주저앉아 하늘만 바라기에는
그 또한 삶의 아픔이라
작정 없이 써나가는 고달픔도
이름 좋은 성실이라
오늘도 다가온 내 책을 보면서
어쩔 수 없다 참말
어쩔 수 없다를
위로의 뜻으로
위무의 뜻으로……

밤의 유성
 -자동차.1

유성을 끌고 지나가는
어둠은 바람난 치맛자락
펄렁 펄렁렁 한 획으로
마무리된 검은 화선지
날아가는 것은 새만이 아니다
날개에 의탁하여
몸을 휘젓는 파문은
어둠이라 집어삼키고
토하면서 사라지는 화염
한 마리 뱀이 용이 되려다
지상에서 버림받아
승천의 사다리를 놓친
아, 불쌍한 모양

시행착오

-자동차.2

인간은 두 발에 실린 무게를
네 발에 싣고 달린다 결국
네발의 짐승이 되려는 것
호랑이, 사자, 원숭이
고양이, 개들은 언제나
인간보다 빠른 보폭 이를
흉내 낸 자동차일 뿐
지혜의 앙상한 발달
속력으로 달리면서
으스대는 일상일 뿐

하늘을 날고 싶어 새들을
부러워한 적이 있다
겨드랑이에 날개를 달고
날아 오르려다 추락의
시행착오 끝에 알아차린
지혜의 영악한 발달
음속으로 세상을 가로지른들
결국 어디로 떨어지던가

아주 천천히는 말고
좀더 천천히

속도에 먹힘

-자동차.3

날아 어디까지 갈 것인가
달려 어디까지 갈 것인가
시속, 분속, 초속, 음속
언젠가는 빛 속 이러다
빗속이 될라 자꾸 땅의
뿌리를 외면하고 참으로
멀리 간들, 멀리 간다고
어디까지 갈 수 있는가
달, 화성, 금성, 목성
종내는 하늘 어디
하느님이 있다는 곳
거기 가서 무슨
애원을 할 것인가

아름다움을 잃고
허무의 옷을 입는
종내는...

신들린 고백(告白)

무아경(無我境)의 깊이엔
어둠도 빛나는 것도
구분이 어려운 춤
봉두난발의 사지에 실린
우주와 땅 사이를 오가는
신명(神明)이 인도하는
그뿐이었다 말은 전부
사라졌고 안개 숲에서
들리는 음성이 끌고 가는
날이 날마다의 길이 열릴 때
고운 마음이 열리는 물소리
알 수 없어도 알세 되는
어디선가의 낭랑한 청음(淸音)을
만나는 이유 앞에서
고개 숙이는 일로 살아온
오로지 지금의 이름이다

작가약력

蔡洙永(Chae,soo young)

 *한국문인협회감사.이사.한국현대시인협회이사.국제PEN클럽
이사. 한국문학평론가협회 이사. 한국문학비평가협회장. 전국대학
문예창작학회장 역임
 *신홍대학문예창작과교수 역임

시집:

목마른 현대문학사.1980)

바람의 얼굴(월간문학사.1983)

世上圖(혜진서관.1985)

율도국(시인의 집.1987)

내가 그리움을 띄운다면(청학)시선집

그림자로 가는 여행(인문당.1989)

푸른 절망을 위하여(혜화당.1991)

아득하면 그리워지리라(문단.1994)

새들은 세상 어디를 보았는가(새미.1997)

들꽃의 집(새미.1998)

언어의 자유를 위하여(새미.2002)

장자의 사막 횡단법(새미2003)

채수영시전집1.2.(푸른사상20'03)

황금연못(푸른사상.2006)

햇살정원(푸른사상.2007)

사람 물이 들고 싶다(푸른사상.2008)

사랑, 울렁이는 그 이름에게(순수문학.2010)

슬픔의 학교(새미.2011.6)

오는 향기를 가로 막지 말라(새미.2012)

달빛의 무게(새미.2013.2)

채수영시전집.4권 (국학자료원.2014/11.)

푸른 동행(새미.2014.1.)

행복 사용설명서(새미.15.1.)

꽃이 진 자리에는(새미.2015.1)

아직도 내 그리움은(새미.2015.9.)

광인의 콘서트(새미.2016.12.)

달과 부처님(새미.2017.3.)
허전 묵시록(새미.2017.4.)
바람의 비망록(새미.2017.5.)
풍선여행(새미.2017.7.)
사상의 오후(새미.2017)
초인의 노래(문학세계.2018.1)
희망공연(문학세계.2018.1)
슬픈 오르페우스(문학세계.2018.1.)
화려한 정리(문학세계.2018.1.)
색(色)(새미.2018.2.)
절창(絶唱)(국보.2018.3.)
신들린 고백(告白)(새미.2018.4.)

*저서:
한국문학의 거리론(시인의 집.1987.)
한국현대시의 색채의식연구(집문당.1987)
申瞳集 시 연구(대일.1987)
표정문학론(인문당.1989)
시정신의 변형연구(동천.1989)
解禁詩人의 精神地理(느티나무.1991)
한국현대시인연구(대한.1992)
創造文學論(대한.1993)
문학생태학(새미.1997)
한국문학의 자화상(고려원.1998)
한국문학의 시적 상상력(고려원.1998)
시적 감수성과 정신변형(국학자료원.1999)
현실인식과 시적 상상력(국학자료원.1999)

인간학과 시적 패러다임(국학자료원.1999)
한국문학의 상상구조(국학자료원.2001)
시적 장치와 의식의 성(푸른사상.2002)
시의식의 벗기기혹은 입히기(푸른사상.2004)
왜곡문학론(푸른사상.2006)
변형과 상상력(푸른사상.2007)
문학의 공화국(푸른사상.2008)
시의 이미지 구축술(국학자료원.2011.12)
문학의 정신적 가치(국학자료원.2012.1.12.)
조화와 구조(국학자료원.2014.11)
상상력의 각서(국학자료원.2017.1.)

*수필집
기억들의 언덕(대한.1992)
변명 (새미.2011)
상상여행(새미.2013.4.)
숙제 못하는 이유(국학자료원.2014)
문사원 명상(새미.2015.1.)
정서학 사전(국학자료원.2016.5.국학)세종도서 선정

* 채수영 전집.20권(국학자료원.2014.11.1.)

E-mail: poetchae@daum.net

신들린 고백

초판 1쇄 인쇄일	2018년 4월 13일
초판 1쇄 발행일	2018년 4월 17일

지은이	채수영
펴낸이	정진이
편집장	김효은
편집/디자인	우정민 박재원
마케팅	정찬용 정구형
영업관리	한선희 이성국
책임편집	우민지
인쇄처	국학인쇄소
펴낸곳	국학자료원 새미(주)

등록일 2005 03 15 제25100−2005−000008호
경기도 파주시 소라지로 228−2(송촌동 579-4)
Tel 442−4623 Fax 6499−3082
www.kookhak.co.kr
kookhak2001@hanmail.net

ISBN	979-11-88499-37-3 *03800
가격	10,000원